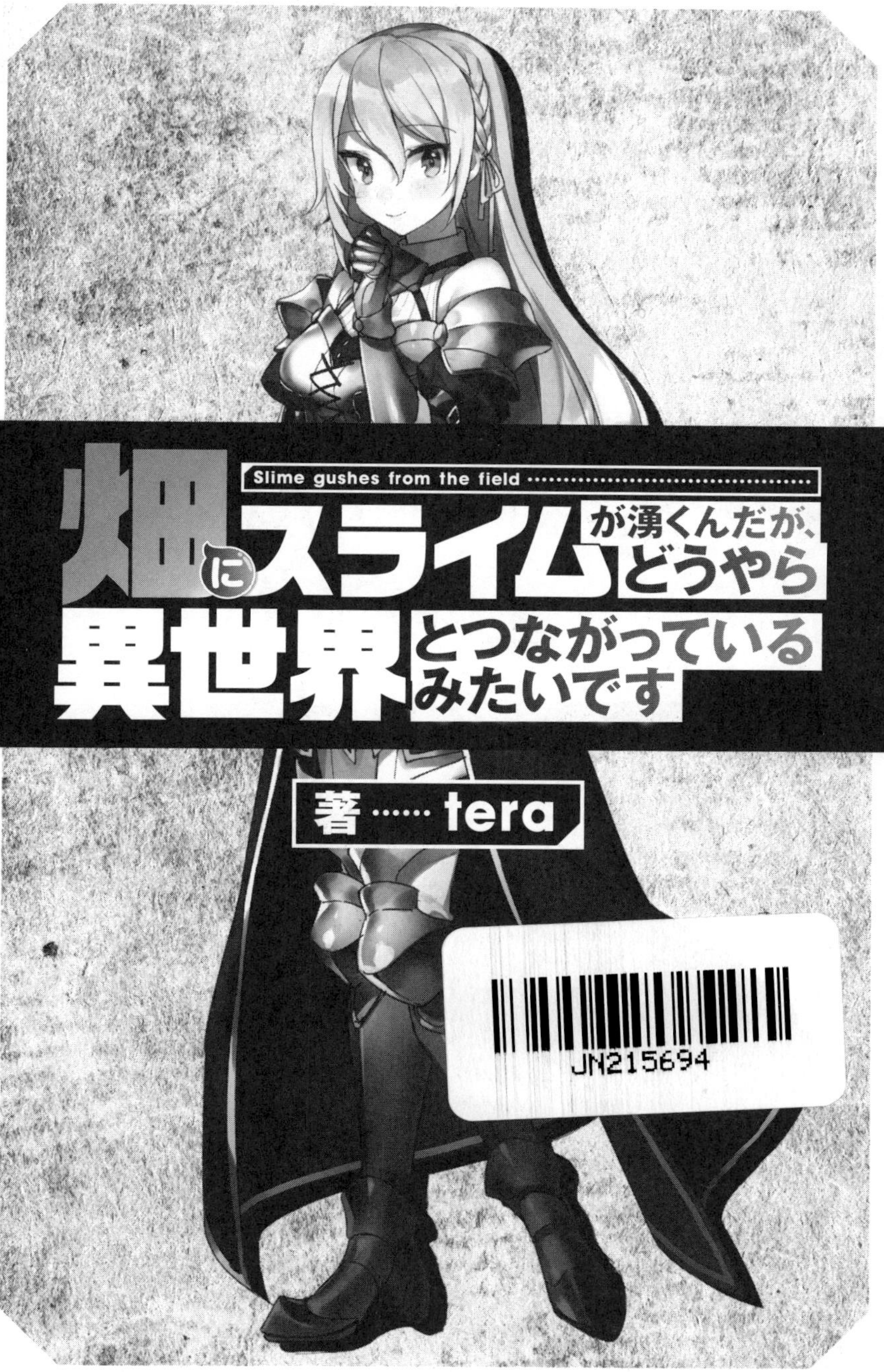

畑にスライムが湧くんだが、どうやら異世界とつながっているみたいです

Slime gushes from the field

著……tera

CHARACTERS
脱社畜
向ヶ丘アサヒ
向ヶ丘家に植えられていた
イヌツゲの精霊。
日本語を勉強中。
向ケ丘ユヅル
会社を辞めて奥多摩に帰ってきた
本作の主人公。
農業スキルの使い方を模索中。
スラ子
畑に湧いたスライム。
好物はユヅルの作ったご飯。
ぷにぷにしてる。

ルーザー
ドラゴンプラントという、
異世界最強の植物。
国を落としたとも噂されている。
イエナ＝フロント
畑に湧いた女騎士。
好物はハンバーグ。
機器類が苦手。
メイリア＝ハイグレース
畑に湧いた女エルフ。
好物は西京焼き。
実は100歳を超えている。
脱いだらスゴイ!!

第一章　畑にスライムが湧くんだが

　勤めていた会社が凄まじいブラックで辞めた。テレビやニュースで散々取り上げられながらも、頑《がん》としてそのスタンスを崩さないほどの黒さ。あまりの酷さに俺——向ケ丘《むこうがおか》ユヅルの心はもうとんでもないくらいボロボロになってしまった。

なんで入社早々、社員研修と銘打って匍匐《ほふく》前進や、ひたすら穴掘りをしなけりゃならんのだ。

しかも一年目のみならず、毎年そういうブートキャンプ方式のレクリエーションに参加する義務があった。もちろん、休日返上で。

　そんなところに勤めていられるかと三年目で逃げ出した俺はニートとなり、東京二十三区内の賃貸アパートから、奥多摩にある実家へと出戻ってきたわけだが……家族がいない。

　いや、正確には知らない人が住んでいたので、慌てて父親に電話してみたところ——。

『ごめんなぁ。お父さん海外支部長になっちゃったからさ、家は賃貸に出しちゃったんだよ』

「そんな……馬鹿な!!」

『だってユヅル……奥多摩から出たがってたし、都心に行ったら行ったであんまり連絡も取れないし、そもそも実家に帰って来なかったからさ』

「いや……休みがなかったんだよ……ていうか、誰かと連絡を取る心の余裕すらなくて……」

『あ～、だからあの会社はやめとけって言っただろう？』

電話越しの親父の言葉が心に染みる。あの時はアグレッシブな会社にこそ、やり甲斐があると心の底から信じていたのだ。本当に俺が馬鹿だったよ。

『まぁ、疲れてるだろうし、しばらく仕事は休んだらいいさ。こっちもこっちで忙しいが、生活費くらいはなんとか送ってやれんこともない』

「助かるよ親父。できればホテル代もください」

電話越しにでも土下座の気配は伝わるのだろうか？

伝わるのであれば、俺は今ここでスマホに向かって土下座をする覚悟があるぞ。

『ホテル代はさすがになあ……。そうだ、車と鍵は今の借り主さんに預けてあるから、それでばあちゃん家に行ってみたらどうだ？』

「ええ、あんなとこ……ここよりさらに山奥じゃないか……しかも、誰も管理してないじゃん」

『家がないよりマシだろ？　それに、ちょっと前に内装だけは綺麗にしておいたから、生活しづらいってことはないと思うぞ……あ、どうもお世話様です！　はい！　支部長の向ヶ丘で――プツッ』

仕事中だったのか、親父の電話はそんな言葉を残して切れてしまった。

財布の中身を確認すると、現金は三万円のみ。そう、給料が低すぎて貯金すらままならない、クソ会社だったわけで……。親父の送金は、俺の生命の維持に関わる問題なのである。

奥多摩からさらに山奥のばあちゃん家か……、最後に訪れたのは何年前だろうか。

とにかく選択肢はないので、電話をしまうと借り主さんに事情を説明して車に乗り込んだ。

「ガソリンはまあ……足りるかな」

そう独《ひと》り言《ご》ちながら後ろを振り返る。

幼い頃を過ごした実家は、すでに別の家庭になっていた。

なんとも寂しいものだな、実家に別の家族が住んでるって。

◇◆◇◆◇

コンビニで買ったコーヒーをちびちび口に含みながら、元実家からさらに山奥へ、街灯すらない山沿いのくねくね道を約一時間ほど車で行き、昼過ぎにようやく祖母の家に到着した。

内装を新しくしたとは聞いてたけど、外から見たらまんま木造の昭和の家なんですが……。

「とりあえず、ただいまー？」

ガラガラガラと軽い引き戸の音とともに、なんとなく声をかけて人がいないか確認する。

関係ないけど、古い造りの家ってなんか怖いよね。コンクリートに慣れ親しんだ都会民からすると、こういう家って建物の陰になっているところから妖怪とか飛び出てきそうで怖い。

「うーん……パッと見、前に来た時と大きな違いはないけど、畳《たたみ》と壁はかなり綺麗になっているかな？」

古ぼけた外装から一転、家の中はかなり綺麗になっていた。少なくとも、畳や壁に経年の染みは見当たらない。

全ての部屋を確認しつつ、窓という窓を開けていく。陽《ひ》の光を入れれば、少しはこの妖《あや》しい雰囲気も変わるはずだ。

「おお！　トイレと風呂は最新式になってる！」

以前は汲み取り式の和式だったと思うが、水洗の洋式へと切り替わっていたのは大変ありがたい。

そういえば、ばあちゃんが亡くなってから一年か……。

件《くだん》のブラック企業は、葬式にすら行かせてくれなかった。それを思い返すと、なんだか心がキュッと締めつけられるような感覚がした。

「ばあちゃん……俺、この家を大事にするよ……ん？　なんだこれ、ノート？」

テーブルの上に、達筆《たっぴつ》で書かれた大学ノートを見つけた。作物の育て方に加えて、土の作り方や作物と相性の良かった肥料のリストなんてのも書かれている。

ばあちゃんの葬式は父が喪主《もしゅ》になってこの家でやってたはずだけど、遺品とかの片付けはどうしたんだろう？

「ってか、ばあちゃんてなんで死んだんだっけ……結構元気だったんだけどな……畑仕事のやりすぎとか？」

七十歳を超えてなお、ネット通販で作物の種や機材を取り寄せて畑を耕すほどに、パワフルなばあちゃんだった。

両親から死因は聞かされておらず、俺も空気を読んで深く尋ねることはなかったからな。

葬式すら出席していないんだから、今さら、ばあちゃんのことをあれこれ詮索できない。

「……畑、大事だったんだな」

作物日誌をパラパラと眺めてみると、びっしりと文字で埋まっており、先祖代々受け継がれてきた畑をばあちゃんがものすごく大事に手入れしていたってのが伝わってくる。

「今は暇だし、ばあちゃんの跡《あと》は俺が継いであげよっか？」

なんとなく、ノートに残るばあちゃんの筆跡《ひっせき》に向かって呟く。ばあちゃんとじいちゃんの遺影《いえい》や仏壇《ぶつだん》はない。誰も管理していないこの家に置いといても意味がないので、恐らく両親が持っていったのだろう。唯一、俺がすごく小さい頃にばあちゃんと撮影した写真だけがポツンと残されていた。

「そんじゃまあ、畑を見に行ってみるか」

日が落ちるにはまだ早い時間帯。そのまま畑の様子を見に行ってみると――。

「……は？　なにこれ？」

――開いた口が塞《ふさ》がらないとは、まさにこのこと。目の前に広がる畑を埋めつくさんばかりのスライム（？）が、所狭《ところせま》しとひしめき合っていた。

「ぴぴきき～！」

ワラワラワラワラワラワラワラワラ!!

変な鳴き声をあげる大量のスライムが、畑が水田になるんじゃないかってくらいの勢いで溢れてきている。

おいおいおいおい、なんだこれ……？　ウチの畑って異世界とでもつながってるのか？　スライムとよく似た性質と容姿を持つ日本の妖怪なんていたか……？

「そんなことより畑！　この、スライムども！」

ばあちゃんの大事にしていた畑が潰されてしまう！　畑の傍《そば》にある納屋《なや》に目をつけ、急いで向かって適当な農具を漁《あさ》る。なんとか攻撃できそうなものは鍬《くわ》くらいだった。

「この！　この！」

鍬を振り回しながら一直線にスライムの塊《かたまり》に突っ込む。

返り討ちに遭《あ》わないか、なんてことも脳裏をよぎったが、実際に攻撃してみると鍬でベシャベシャと潰せたので問題なし。

「きりがないなあ!!　もう!!」

ばあちゃんがいなくなって畑を放置している間に、どれくらい溜まっていたのだろうか。

鍬で叩いても叩いても、スライムの数は一向に減らない。

そんな矢先、わらわらと動くだけだったスライム達がついに反撃に転じた。

「おわあああ！　ぬ、ぬるぬるする……っっ！」

スライム達が足元にめっちゃ群がってくる。これは……やばい。ローションみたいなヌルヌル感に包まれたかと思ったら、穿《は》いていたデニムパンツがびしょ濡れになっていた。

慌ててスライムローション沼から飛び出し、この状況を打開するための道具を探しに納屋へ走る。

「――これだ！」

小型の耕運機《こううんき》を発見した。燃料の有無も確認せず、闇雲《やみくも》にレバーを弄《いじ》ってみる。

ブルルルルルラララ!!

奇跡的にも起動し、思わず「やった！」と叫んだものの、とんでもない振動で暴走し――。

「うおおおおおぉぉああーーーーー!!」

――そのまま耕運機に引きずられるように、俺はスライムの群れへと突っ込んでしまった。

◇◆◇◆◇

「死ぬかと思った」

全身ずぶ濡れの泥だらけ。

暴走した耕運機をなんとか操って、スライムを全滅させることには成功したのだが、その代償はなかなかに大きい。耕運機の暴走と倒したスライムの液体化によって、畑はあちらこちらに穴が空き、俺の服は見るも無惨な状況になっていた。

「一張羅《いっちょうら》だったんだけどなあ……」

シャツとスニーカーにデニムパンツ、靴下と下着。さらには、腕時計までもスライムの液体にやられてしまっている。決して高価ではなかったけど、そこそこお気に入りの物だったので、正直、ヘコむ。だったら、畑に着ていくなという話ではあるが……。

「まさか畑にスライムが湧いてるなんて思わなかった……」

《向ヶ丘ユヅルのレベルが上がりました》

《スライムキラーの称号を獲得しました》

「は？」

唐突に、頭の中に鳴り響く謎の声。いったいなんなんだ？

レベルが上がったり、「称号」を獲得したり。

もしかして夢中で戦っているうちに、異世界へ迷い込んでしまったのか？

異世界トリップフラグを感じて周囲を眺め回す。うん、どう見ても畑です。

納屋だって畑の向こうに見えているし、ここは間違いなく奥多摩のばあちゃん家である。

物は試しと、頭の中でステータスと念じてみた。

異世界物のラノベではもはやテンプレになりつつあるし、やらなきゃ損だよね。

名前：向ヶ丘ユヅル
種族：人族
年齢：２５歳
職業：農家
レベル：１２
体力：３７／３７
魔力：３７／３７

スキル：農業▲
称号：スライムキラー

「なんじゃこりゃ……『スキル』ってなんだ？」

頭の中にステータスが浮かんでくる状況に困惑しながらも、辺りが暗くなってきていることに気づいた。街明かりの乏しい――ていうか、山と森しかないけど――田舎の夜は早いが、今日のご飯はすでにコンビニで弁当を買っているから心配はない。

それよりも、この全身がドロドロになった状況をなんとかしたい。

耕運機を納屋にしまうのは明日にして、帰宅することにした。

泥だらけの状態で玄関から入ったら掃除が大変なので、ひとまず家の裏手にある流し場で身体を洗って、服を脱ぎ捨てる。まさか、こんな山奥に男の裸を見て喜ぶような変態はいないだろう。気にせず身体を洗えて、開放的な気分だった。

四月半ばの水道水は少し冷たかったが、汚れを落としてすぐに家の風呂場でシャワーを浴びたので風邪をひくこともないだろう。ちなみに昔は薪《まき》割り式の風呂釜だったらしいけれど、今は追い焚き機能付きだ。

温かいシャワーを浴びてほんわかした気分になった俺はスキルや称号、そしてステータスのことはとりあえず放置して、弁当を食べてから布団にくるまり瞼《まぶた》を閉じた。

◇◆◇◆◇

「ぴき〜！」

翌朝、目を覚ますと枕元にスライムが俺に寄り添うように鎮座《ちんざ》していた。

「あぶな！　死ぬわ！　窒息《ちっそく》して死ぬわっ！」

寝ているうちに、抱き枕感覚で顔に抱き寄せてしまっていたらしく、息ができなくなっていた。

だから水中で呼吸ができずに苦しむ夢を見たのか……まさか布団の中で窒息死しそうになるなんて。

そういや、なんでかこのスライムは触《さわ》っても濡れないようだ。全身をペタペタとした膜《まく》のようなものが覆っている。

「ってかそんなことはどうでもいい、なんでスライムが!?」

昨日全滅させて、畑の養分にしてやったはずなのに。

「ぴ、ぴきぃ……」

死闘を繰り広げたモンスターだけに、布団の上で立ち上がって、少し構えてしまった。

一方、そんな俺の振る舞いを見たスライムは、さも悲しそうな鳴き声をあげてプルプルと震えだす……泣いているのだろうか。大量にいた時はおぞましく思えたスライムも、単体でプルプルしているとなんだか可愛く見えてくるから不思議なもんだ。

ネット小説とかウェブ漫画によくある――スライムが人間を慕《した》って女体化して云々みたいな――展開が頭をよぎったこともあって、俺はこのスライムを飼うことに決めた。

「名前でもつけてやるか……」

さて、どうしたもんか。ペットなんか飼ったことないし、何かに名前をつけたこともない。

とりあえず布団を畳《たた》んで、居間で朝飯用に買っておいたコンビニおにぎりとお茶を楽しみながら、なんとなくで名前を決めてみた。

「うーん……お前は今日からスラ子な」

「ぴきぃ～！」

名前を告げるとプルプルと身体を震わせて、元気に鳴く姿は心なしか嬉しそうである。

立派に育って、キャッキャウフフな展開になってくれればいいな。

精神的に疲れて早めに寝てしまったからなのか、時計を見るとまだかなり早い時間だった。

ニートなのでやることもないし、泥だらけのまま放置していた衣類をまとめて洗濯しようと思ったのだが……。

「洗剤買うの忘れてたなあ」

なぜシャンプーとリンスだけは忘れずに買ってきたんだ、昨日の俺。

この時間だとコンビニくらいしか開いていないだろうし、車で街まで向かっても一時間はかかる。

ガソリンも無駄にはできない。

泥だらけの上にスライムまみれになっているわけだから、これは断腸《だんちょう》の思いで捨てた方がいいかもしれんね。

「ぴきっ？」

俺の後ろをプルプルとついてくるスラ子を見て、思い出してしまった。畑の後始末をしなきゃいけない。朝から重労働になるけれども、ニート生活で身体が鈍《なま》るのも良くないので畑に向かうとしよう。

「ばあちゃんの残した畑を粗末に扱うわけにもいかないもんな」

「ぴきぃー」

ブラック企業に勤めて以降、独り言が多くなっているけど、反応してくれる誰かがいるだけで、昨日感じた寂しさは随分と薄れていた。聞き役はモンスターだが。

予備で持ってきていた靴を履《は》き、汚れ対策にタオルと軍手を付けてスラ子とともに畑に向かう。

「……マジかよ」

遠目に畑を見て、思わずひっくり返りそうになった。なんか緑色の生き物がいる。

ファンタジーに出てくる小人みたいな大きさで、ボロ切れを身に纏《まと》った奴が二体。

あれは……いわゆるゴブリンってやつか。

「ゲヘ？」

「ゲヘゲヘ」

ゲヘじゃないが。

ゴブリンは放置された耕運機を棍棒でコンコンと叩いている。耕運機は燃料が切れるまで暴走していたから動き出すなんてことはないだろうが、ばあちゃんの大事な形見《かたみ》を棍棒で叩かれ続けるのも癪《しゃく》だ。でも、ぶっちゃけどうしよう。

よくあるラノベとかゲームでは、ゴブリンって最初に出てくるような雑魚《ざこ》だよな……。

とはいえ、雑魚と思えるのも転生チートがあるからであって、今の俺には、農業という使い方もよくわからんスキルがあるだけだ。たぶん、チートではない。

ていうか、実際に動いてるゴブリンは怖えよ！　噛《か》みつかれたりしたらどうすんだよ。

耕運機に飽きたら、次に興味を示しそうなのは納屋くらいなもんだ。あそこには刃物系の農具があり、漁られるとまずい。ゴブリンどもにバレないよう納屋まで移動し、奴らの先手を取って、武器になりそうなものを物色する。

昨日は鍬を振り回したが、さすがにスライムとゴブリンとでは強さが違うだろう。

何か破壊力のあるものを……ということで見つけたのは、草刈機《くさかりき》。使ったことはないが、扱い方はなんとなくわかる。体に固定して腰の向きを変えながら草を刈っていくタイプ。あのゴブリンの大きさならば、これで相手できそうだ。

でも、めちゃくちゃ強かったらどうしよう……。

草刈機に燃料が入っていることを確認し、納屋に立て掛けてあった鉈《なた》も一応、腰に差しておく。もしもの時のためだ。

「ゲヘゲヘ！」

「ゲヘヘッ！」

ゴブリン二体が、納屋の方へ近づいてきた。

ゴブリンどもの隙をつくために、納屋の裏手で待ち構える。スラ子は危ないからそこで見てなさい。

雄叫びをあげて飛び出しつつ、草刈機のエンジンを起動する。

「うおおおおお!!」

「ゲッ!?」

「ゲゲッ!?」

エンジン音と俺の絶叫《ぜっきょう》にゴブリン二体が飛び上がって驚く。この好機を逃すまいと、俺は回転する草刈機の刃をゴブリンの首あたりに押し当てた。

ギュギュギュギュガガガッッ!!

肉と骨を削り取るような嫌な音が響きわたると同時に、ゴブリンが血を噴き出して崩れ落ちる。

「ゲヒゲヒィッ!?」

相方の変貌《へんぼう》に、もう一匹のゴブリンは身体を強張《こわば》らせた。その隙に距離を詰《つ》めて草刈機を向けたが、思っていた以上に俊敏《しゅんびん》な動きで躱《かわ》されてしまった。

やばい！　どうする？　攻撃を受けないようにできるだけ距離を取りたい。

「この！」

「ゲヒヒッ！」

あらためて戦闘態勢をとったゴブリンは獰猛《どうもう》な獣の如く動き回り、俺の隙を窺《うかが》っている。

ブラック企業で培《つちか》ってきた俺の体力を舐《な》めるなよと、草刈機の刃をゴブリンに向け突っ込んでみたが、足がもつれて転んでしまった。俺のバカ！

「やばっ」

「ゲヒェアッ！」

ゴブリンが飛びかかってくる。とっさに鉈を手に持ち、目を閉じたまま大振りした。

「ゲッ⁉」

リーチは俺の方が長い。ゴブリンの一撃が俺に届く前に、運良く鉈がゴブリンの左肩に命中する。

吹っ飛ばされて蹲《うずくま》り、千切れかかった左肩を押さえながら痛みに悶絶《もんぜつ》するゴブリンに、俺は安全装置が作動して緊急停止していた草刈機を再起動させ、息を止めて一気に首を切り落とした。

《向ヶ丘ユヅルのレベルが上がりました》

「終わった……」

勝利を実感すると同時に疲れがどっと押し寄せ、座り込んでしまった。

「ラノベとかで転生したばっかの奴らは、よく普通に戦えるな……」

実際にモンスターを目の前にしたら、体が一瞬凍りついた。今も足が震えていて、力も出ない。

「昨日はスライム、今日はゴブリン……これ、どんどん強いモンスターになっていくとか、そんなわけないよなぁ……？」
ゴブリンの次にオーソドックスなモンスターといえば……オークとか……？
体格的に、万が一にも人間が勝てる相手じゃないだろうに。

第二章　金髪の女騎士が倒れていたんだが

ゴブリンの血がついてしまった服は捨てて、午後からは車を運転し、最寄り――といってもかなり遠いけれど――のホームセンターへと向かった。

毎度毎度、服を捨てるのはもったいないので、なけなしのお金を払って丈夫な作業服とか畑作業に必要そうなものを揃えることにした。

「スラ子はおとなしくしててね」

駐車場に車を停めると、ダッシュボードの上にスラ子を残して、ホームセンターへと向かう。数着の作業着、軍手や長靴、そして安全靴を購入したところ、随分と財布が軽くなってしまった。

まあ仕方ない。財布の中には三万円しか入ってなかったし。これからは自炊して出費を抑えないと。

「畑もあるし、自分で育てて節約生活だな」

初心者向けで育てやすく、かつ栄養価も高いらしい根菜類の種をいくつか購入する。

そのままホームセンターの横に併設された業務用スーパーで米やら調味料やらを買い揃えて、帰りのガソリンを入れる頃には、いよいよ財布はすっからかんに。やっとの思いで家に帰ると、夕方になっていた。

疲れたとはいえ、耕運機や草刈機、そしてゴブリンの死体が放置されたまま。さすがによろしくないので、作業着に着替えて畑へ向かうことにする。

今日の残り時間は、畑の片付けと納屋にある物の確認に使う予定。

それにしても、今後もモンスターが湧くとなると、畑作業をするだけでもかなりの危険がつきまといそうだ。できることなら、今日はもう出てこないでくれと心の底から願ったのだが……。

「湧いていたよ、どちくしょう」

でもよかった。そこにいたのはスライムだった。

ゴブリンの死体に群がって捕食しようとしている。これはこれで処理の手間が省けて便利だ。

「ん？　奥にもうひとつ塊があるな」

群がるスライムの山は全部で三つ。俺が倒したゴブリンは二体。

どう考えても数が合わないし、奥にあるスライムの塊はゴブリンのそれよりも一回り大きい。

もしかして買い出しに向かっていた時にモンスターが湧いて、そのまま餌食になってしまったのだろうか？　そうだったらいいけどな……。一応、近づいて確認してみることにする。

「なんだ、金髪美人女騎士か……」

はいはい、都合がいいのでこのままやられてもらいましょ――。

「――金髪美人女騎士!?」

「う、ん……」

しかも、生きてる!?　生きてるとスライムの消化能力は通じないんだな……って、冷静に考えている場合じゃない。

まさかの異世界人襲来。引っ越してきて二日目にして、金髪美人女騎士がお見えになった。

驚きのあまり昇天しそうになったが、なんとか踏みとどまって、スライム達をどかして泥だらけの彼女を抱き起こす。

「大丈夫か⁉」

「……ゴホッゴホッ‼」

「吐血⁉」

ちょっとこれ、やばくない⁉　いや、明らかにやばいだろ‼　急いで彼女を背負って家に戻る。

背中を通じて伝わってくるビクンビクンと痙攣《けいれん》する感触が、俺の気持ちを余計に焦らせた。

「柔らか心地よい感触なんてないぞ、だって鎧《よろい》を身につけてるんだもの！　ぐわあああ！　なんか生暖かい、すっごくホカホカした液体が腰回りに張り付くように染み込んでくるんだが！」

作業着に着替えておいて本当によかったと思いつつ、家に運び込む前に裏の流し場で身体を洗う。

ほのかに香ばしい匂いを放つ作業着を脱ぎ捨てパンツ一丁になった俺は、女騎士の鎧を脱がしにかかるが――。

「しまった、どうやって脱がすんだ……？」

――鎧の取り外しなんて義務教育では習わない。どうすればと鎧を調べていると、脇腹辺りに留め金が付いていて、そこをパカパカと外す簡単なタイプだった。

ゴワゴワした厚手の衣服越しに、鎧で押し付けられていたのであろうか、大きな胸が存在感を遺《い》憾《かん》なく発揮している。

……意識をしっかり保て。保つんだ、俺。今なら揉んでも絶対にバレない。だが俺の良心にはダメージが残るであろうことは間違いない。断腸の思いで理性を保つんだ。

身体を綺麗に拭いていく。しかし、女の子って柔らけぇな。うーん、この魅力はヤバイ、ムラムラしてき……じゃなくて、お客様用の布団を出して居間に寝かせる。依然として顔色は悪く、たまに震えている。熱を測ってみると、かなり高かった。

「異世界人に市販の風邪薬って効くのか……？　っていうか、この状況で飲めるのか……？」

相変わらず沈黙したまま、時折、呻《うめ》き声をあげる女騎士。口移しとかはちょっと勘弁。初対面だし、なんか変な病気もらうのも困るし。

「でも……時は一刻を争う……ええいままよ！　俺の良心よ、煩悩《ぼんのう》に打ち勝て！」

変なところで潔癖症《けっぺきしょう》の首がもたげた俺は、ようやく覚悟を決めると伝家の宝刀、座薬を使用するのであった。俺も子供の頃によく使った。異世界人でも効くはずだ。

◇◆◇◆◇

「あれ……私、生きてる？」

目が覚めると、妙にスッキリとしていた。

……私は、第一級狩猟エリアへ逃亡した犯罪者を追いかけていたはず。あと一歩のところまで追い詰めたものの、犯罪者が隠し持っていた毒をまともに受けてしまったのだ。朦朧《もうろう》としながらも、狩猟エリアを出ようと彷徨《さまよ》った私は、どうすることもできずに動けなくなった。もはやここまでかと、自分の最期を覚悟したところまでは覚えている。

「ここは……死後の世界？」

寝具はとても柔らかく上質なもの。まるで太陽のような暖かい匂いがした。見たことのない部屋の作りで、藁《わら》を用いているのだろうか、不思議な手触りの床がある。身につけている服も、とても肌触りがよい。

「おかしい、傷だらけだったのに……それに毒も抜けているし」

立てなくなる程の毒を受けていたはずだが、身体はちゃんと動くようだ。フラフラとよろめきつつも、なんとか立ち上がり周囲に視線を向けると、見たことのない物がそこら中にある。

ゴウンゴウンと音を立てながら衣服をかき混ぜ水流を生み出す、大きな鉄の箱。調理場のようなところにある縦長の箱の扉を開いてみたら、冷風が出てきた。これには、氷の魔術が込められているのだろうか？

「ぴきぃ？」

「え？　スライム？」

目の前にスライムがいた。ここは神の世界ではなかったのか？

庭に面した板の廊下の上で、スライムが気持ちよさそうに日向ぼっこしている。

「死後の世界……ではない？　いや、でもこんな光景は見たことが……幻覚？　それともこのスライムは神の使い……なんでしょうか？」

そう思うと、目の前にいるスライムが、他のスライムに比べて神々《こうごう》しく光っているように見えてきた。

「なるほど……幸運なことに私は神の世界に迷い込んでしまったのでしょうね」

「ぴきぃー？」

「神使《しんし》様、生前、善行を積み重ねてきたわけではございませんが、悪人を捕らえる職務に就いていたことは確かです。どうか、私めに使命をお与えください」

死後の魂は世界へと回帰《かいき》するらしいが、私は運良く神に拾われたのだろう。

「――願わくば……正義のために私をお使いください！」

私は廊下からさっと庭に降り立つと、地面に片膝をつき、神の使いにそう願った――。

◇◆◇◆◇

「なんだ……あいつ……？」

翌日、親から振り込まれた臨時収入で、いくつかの食材と女性用の服や下着を購入して帰宅すると、スラ子に跪《ひざまず》く女騎士の姿があった。

「――願わくば……正義のために私をお使いください！」

な、何を言ってるんだ？　しかも、ワイシャツ一枚で。

金髪美人の裸ワイシャツという激レア場面なのに、その醸《かも》し出す雰囲気が残念すぎて困惑した。

謎の高熱や痙攣《けいれん》、そして吐血は座薬の効果かわからんが治ったみたいだ。さらに、薬箱に入っていた万能軟膏オロエイトを塗ってみたら、痛々しい切り傷や青痣《あおあざ》が一晩で綺麗に治っていた。オロエイト、マジ凄い。

「……スラ子に何を言ってんだ？」

「ぴきぃ～！」

とりあえず買い物袋を置き、ぴょんぴょんと飛び跳ねて俺にじゃれついてくるスラ子を受け止める。

「……神様!?」

ワイシャツ一枚の女騎士が、わなわなと震えながら驚愕《きょうがく》の声をあげた。

んなわけあるかい。なんか変なものと俺を勘違いしているのだろうか。裸足で外をうろうろされても困るので、足を拭《ふ》いて家に上がってもらう。

「す、すみません……こんなに上質な寝具を使わせていただいて」

「あ、うん、いいよいいよ」

依然として、彼女は俺のことを神様か何かだと思っているようだ。

まだ少し足元がおぼつかない彼女に漢方薬を飲ませてみると、たちまち体力と魔力が回復したらしい。日本の薬、異世界人にはチートみたいなものなんだろうか。

「これはひょっとして……神の霊薬……？　そ、そんなものを……いいのでしょうか」

「いやいや、たくさんあるから、調子が悪くなったら言ってね」

薬局で買ってきた単なる漢方薬なんだけど、マジかよ。

エナジードリンクや滋養強壮《じようきょうそう》ドリンクを飲ませたら、どうなってしまうんだろう。

「この軽くて肌触りの良い服や心地よい感触の床、そして光をうっすら通すきめ細やかな薄い壁、全てが神々《こうごう》しいです」

服は量販店のワイシャツで床は畳、壁は単なる障子なんだけどな。

「この神々しさ……もしかして、ここにあるものは全て、神々の遺物なんでしょうか？　……あっ」

興味津々で障子を指で突《つつ》いていた女騎士さん、勢い余って穴を空けてしまった。

うん、俺も子供の頃よくやったよ。

「あああ!!　すみません！　すみません！　すみません！」

とんでもないことをしてしまったという青ざめた表情で頭を下げている。一応、張替え用の障子紙はあるから大丈夫だけど、いちいち驚いてテンションを上げられると面倒だなあ……。

「神様パワーで直せるから大丈夫なんで、ちょっと静かにしてもらえる？　うん」

「すみません……」

ぐぅううう～。

「…………ぁ」

女騎士のワイシャツの奥から、お腹の鳴る音が聞こえてきた。お昼時だし、ここらで昼飯にしよう。

「すぐにご飯作るから、ちょっと待っててくれる？」

「は、はい……」

顔を真っ赤にした女騎士は、恥ずかしさのあまりスラ子をぬいぐるみ感覚でぎゅっと抱きしめた。

この人、さっきまでスラ子のことを神の使いとか言ってなかったか。スラ子のくぐもった呻《うめ》き声が聞こえてくる。

すまないスラ子、しばしの間、彼女の相手をしていてくれ。


「口に合うか、わからないけど」

ちゃぶ台の上に、腕を振るって作ったチャーハンを三人分並べる。

「こ、これは……？」

「米といって、神の世界でよく食されてる穀物だよ」

「神々がお召し上がりになる食べ物なんですね……」

反応を見る限り、異世界では米が一般的ではなさそうだ。

「ぴきぃ～！」

スラ子はどういう仕組みなのかはわからんが、液状の身体を器用に変形させてスプーンを握り締めると、チャーハンをすくって自分の身体に突っ込んでいく。

その様子を見ていた女騎士も、恐る恐るチャーハンを口に運んだ。

しかしながら、ちゃぶ台を囲んでいる面子《メンツ》がニートとスライムに異世界人。これは、いかがなものだろうか。

「お、美味しい⁉」

ガツガツガツガツ！　一口食べた後に、カッと目を見開いた女騎士は、さぞかしお腹が空いていたのだろう、とてもおしとやかとは言えない食べ方でチャーハンにがっついていた。

「市販の方が美味しいけどなあ……そんなに美味しい？」

「師範《しはん》……？　なるほど、神様にも料理の師匠がいらっしゃるのですね」

なんとなく勘違《かんちが》いをしているようだが、いちいち突っ込むのも面倒だから、まあいいか。

「ごちそうさまでした」

「ぴきぃ～！」

食べ終わり、手を合わせてごちそうさまをしていると、女騎士さんが首を傾げた。

「ごちそうさまとは？」

「ああ、食べた後は、糧《かて》となった食材に感謝の気持ちを捧げるんだよ」

「なるほど……神々の世界では高尚《こうしょう》な理念のもとに食事をなさるのですね！」

なんだかすごくやりたそうにして手を合わせていたので、もう一度みんなで。

「ごちそうさまでした！」

さて、お腹も膨れたことだし、話を聞いてみるか。

「まず、名前を教えてくれる？　君はどこからきたんだ？」

うら若き男女のスタートは、互いに自己紹介をするところからだろう。

「私の名前はイエナ＝フロントです。ガルシア王国騎士団に所属しておりました」

彼女は犯罪者を取り締まるために編成された捜索隊の小隊長を務めており、第一級狩猟エリアというところに逃げこんだ犯罪者を追っていたが、あと一歩のところで反撃に遭《あ》ってしまったらしい。その後、瀕死の状態で森を彷徨い、力尽きたのだという。

「第一級狩猟エリア？」

「はい。モンスターが棲息《せいそく》する、国が定めた危険な区域です」

イエナによると、狩猟エリアとは危険度が第十級から第一級までの段階に分けられており、冒険者ギルドや国が発行するライセンスを所持していないと立ち入ることすら許されないらしい。

「第一級って、すごく危ない地域なんじゃないの。それともイエナはそこに立ち入るだけの実力を持っているってこと？」

「私が所持しているのは第三級ライセンスです。しかし、かなり危険な脱獄囚であるその犯罪者が、第一級狩猟エリアに逃亡したとの報告があり、特別に騎士団で捜索隊が編成され、第一級狩猟エリアまで入れる許可を国から受けました。でも、やはりというか、第一級エリアは危険極まりなく……」

「それで、イエナや他の隊員は大丈夫だったの……？」

「一応、特別級ライセンスを所持する副団長と第一級ライセンスを有する上級隊長クラスが同行していましたので、大丈夫だとは思っていたんですが……迂闊《うかつ》でした……他の隊員ともはぐれてしまい……。私は【剣術聖級】のスキルを持っていたので、犯罪者如きに不覚を取らないつもりだったのですが」

「【剣術聖級】……？」

次から次に、新しい単語が出てきてよくわからん。

イエナの口ぶりからすると、異世界にはスキルって概念が普通に存在しているみたいなので、この際だから色々と教えてもらうことにした。俺のラノベ知識が、本当の異世界と同じかどうかもわからないし。

「スキルは先天的に持つ者もいれば、後天的に授《さず》かる者もいます。私の剣術スキルはもともと上級だったものを聖級へと鍛え上げました」

「なるほど。スキルは努力によって伸ばすことができるのね」

「その通りです。私は剣術の他にも【風属性適性】というスキルを持っており、【風魔術】を習得することも可能です」

「へぇ……その『適性』ってのは、どんなスキルなの？」

「はい。適性は修業を積んで、魔術を身につけられるか否かを決定づけるスキルです。例えば、風属性の適性がなければ、どんなに努力しても風属性の魔術を使うことはできません」

「へぇー」

さらに色々と聞いてみたところ、異世界の人々は武芸や魔術以外にも、多種多様なスキルを持っているらしい。

「騎士団長や副団長クラスになるような人は鍛え上げたスキルのみならず、先天的に素晴らしいスキルを持っていることが多いので、民衆の羨望《せんぼう》をより一層集めているのです」

「なるほど、だったら俺の農業スキルって、どういうものなのかな？」

「ええ!?　もしかして、始原のスキルをお持ちなのですか!?」

「んわっ!?　――熱っ!!」

ガタッとイエナが急に身を乗り出したので、ちゃぶ台に置いてあった熱いお茶が胡座《あぐら》をかいていた俺の足にかかってしまった。

「す、すみません！　始原のスキルとは稀有《けう》と言いますか……後天的に覚えることが不可能で、かつ有している人も数万人に一人いるかどうかというものでして……」

イエナの説明によると、人は農業スキルがなくても畑を耕せるようだ。それに鍛冶屋が鉄を打つのにも鍛冶スキルは必要とせず、建築スキルがなくても大工になることはできる。まあ、この辺は日本と変わらないな。

だがスキルを持たない人々の行う作業は、あくまで先人が成《な》してきた作業を真似るだけのことであり、スキルがなければ作業の質を高めたり、新しい何かを発見して生み出したりすることは不可能なんだと。

「名匠《めいしょう》と謳《うた》われるグザンは鍛冶スキルを生まれた時から持っていました。彼の生み出した武器や装備は全てが国宝級とされ、弟子達に受け継がれた技法を取り入れた王族が、軍事大国を興したと言われています」

「……すごいな」

「他にも賢者と言われるアルケストルは錬金スキルを先天的に備えており、魔石を利用した様々な道具を生み出し、人々の生活水準を高めてくれました。真似できる部分は死後も受け継がれて、手軽に火を熾《おこ》せる魔道具や水を生み出す魔道具が広まっていきました」

つまり始原のスキルを持つ者が、異世界の歴史を変えてきたってことか。

「もしかしてユヅル様は豊穣《ほうじょう》の神様で……？」

「いやいや、ないないない」

「でも……農業スキルということは……恐らく、大地を意のままに操ることができる素晴らしいスキルですよ？」

鍛冶も錬金も、原材料を加工する第二次産業のようなスキルで、イエナの知る限り農業スキルなどの第一次産業にカテゴライズされるものは、存在自体は語り継がれているが、どんな能力かはほとんど知られていないという。

「うーん。俺はスキルを使ったことがないからなあ……わからんのよ」

「なるほど、生まれたばかりの新神様でいらっしゃるゆえに未熟と自らを評されるなんて、素晴らしいお方です！」

イエナは「それに」と、部屋を見渡して言葉を続ける。

「賢者アルケストル様は死後も神となって、お力を発揮されていらっしゃるのですね。冷風を生み出す魔道具や、水と火が簡単に出る一体型の魔道具、そして神使が楽しく暮らす箱庭まで……素晴らしい」

たぶん、冷蔵庫とシステムキッチンのことだな。神使が楽しく暮らす箱庭は……もしかして、今見ているテレビのことだろうか。

たまたま、朝から子供向け番組が放送されてるだけなんだがなあ……まあ、今更ここは神の世界じゃないと伝えても意味ないし、説明するのも面倒なので好きなように納得させておく。

とりあえずスキルについてある程度わかったところで称号についても聞いておこう。

「……称号ってなんなの？」

「世界の意思により授けられる、後天的な特性です。人が何かを成し遂げることで授かると言い伝えられています。血によって受け継がれる称号もあるみたいですが」

イエナの住む世界には色々な称号があるらしく、例えば勇者の称号を得た人なんてのは、有事の際に降って湧いたように現れるんだとか。

「俺、スライムキラーって称号を持っているようなんだけど……」

「――ッッ!?」

再びイエナの表情が一変した。

「スライムを神の使いとしている理由がわかりました！　キラー系の称号は、対象となるモンスターを使役することができるんです。これもなかなか手に入らないんですよ！」

やっぱり、俺は持ってるな。くじ運だけは昔から良かったりするからかな……。

「しかし、スライムキラーという称号は聞いたことありませんね……」

イエナによると、キラー系の称号は自分よりも格上のモンスターと生きるか死ぬかの激戦を繰り広げることで、身につけることができるんだとか。だとすれば、昨日までの俺はスライムにも劣る人間だったわけなんだが？

「今日まではモンスターとしか認識していませんでしたが……あらためて見るとスライムは可愛いですね」

スラ子を抱きしめながら、イエナは表情を綻《ほころ》ばせていた。

スライムは水と栄養さえあれば無限に増やせるらしいので、それを使役できる称号は、十分使えると思う。

ゴブリンを消化できるってことは、生ごみ処理とか汚水浄化に役立つだろうし。

「称号を授かるには、何かを成さなければなりません。私もいずれは正義のための称号を取得したかったのですが……命を落とした今となっては、もう無理なようですね……」

イエナはしょんぼりとした表情で俯《うつむ》いた。あれ？　もしかして、自分が死んだと勘違いしてるのかな。

「いや、生きてますよ、あなた」

「仮に……です！　仮に生きていたとしても、神の世界から再び下界に降りることは恥ではないでしょうか？　神に対する冒涜《ぼうとく》でもあります！　なので……」

イエナはそこで言葉を区切り、バタバタと駆け出したかと思うと剣を携《たずさ》えて戻ってきた。そして、ちゃぶ台でお茶を啜《すす》る俺の前で膝をつく。

「私を……神使としてお傍に置いていただけませんでしょうか？」

ワイシャツ姿ではあるが、異世界流の様式に則《のっと》り騎士として俺に剣を捧げているようだ。命を救った俺に対して、一人の騎士として忠義を尽くしたいということだろうか。

「えっと……」

どうしよう。正直言えば……全然あり。金髪美人騎士の忠誠の誓いなんて断ったら、男が廃《すた》ると思わんかね。

とりあえず、昔ラノベで読んだ方法を実践してみよう。鞘《さや》に包まれたままの剣を受け取って、イエナの肩にその剣の腹を載せてみる。

「イエナを俺の騎士として認める……こんな感じでいいのかな？」

「――ッ⁉」

おどおどしながらもそれっぽい言葉を口にすると、イエナの顔に驚きの表情が浮かんだ。

「ど、どうした⁉」

「な、なんということでしょう！　ユヅル様に告げられた瞬間に世界の声が聞こえて、異世界騎士の称号を身につけたようです！」

異世界で騎士として認められたことにより、何かしらのシステムが働いたのだろうか……ってそんな、バカな。称号を得るのは難しいんじゃなかったんかい。

「一度失いかけたこの命、恩人であるユヅル様のためにお使いしたく……」

そう言いつつ、イエナは俺の手から剣を取ると、鞘から引き抜き――。

「今がまさにその時！　ハアッ！」

――居間から庭へ駆け出すと、剣を片手に大きく跳躍し、垣根の陰に潜んでいたモンスターに肉薄する。

「フゴッ!?」

虚を突かれ、怯《ひる》んだモンスターはそのまま一刀両断されてしまった。

「オークです、気を付けてください。奴らはゴブリンと同じく複数で行動しますが、ゴブリンよりもはるかに強いですから！」

ゴブリンの次はオークとか……どこでフラグが立っていたんだろう。

イエナは「周囲を索敵《さくてき》してきます！」と一人で走り去るわ、目の前にはオークのグロ死体が置き去りにされているわで、思考停止しそうだ。

「とりあえずスラ子、餌だぞ」

「ぴぃきぃ……」

「なに？　嫌と申すか？」

一度、俺の料理の味を知ってしまったスラ子の舌は肥えてしまったようだ。まあ、畑にいるスライム達を連れてくればいいか。スライムキラーの称号があるんだし。

「フゴフゴ……ッ！」

「フゴゴッ！」

「え？」

再び、垣根の向こうからオークが二体姿を現した。

ちょっと待ってよイエナさん？　索敵ってなんだっけ？

垣根から飛び出して行ったのに、なんで垣根の傍にオークがいるんですかね？

「カムバーック！　イエナ!!　オークがいるって！　ここに二体いるって!!」

俺よりも一回り以上大きいオーク二体を相手にどうしろっちゅーの。ゴブリンですら足が竦《すく》んでいたのに。

「フゴッ！」

「フゴォウッ！」

オーク達は鼻息を荒くしながら垣根を越え、石槍と石斧を振り上げて襲いかかってくる。

「う、うわあああああ!?」


――バギン!!　バギンッ!!


「えっ!?」

突っ込んできたオークは、見えない壁のようなものに弾かれて気絶した。

え、なにこれ？　バリア？　もしかしてこの家がチート？

だったらスラ子とイエナはどうして入れたんだろうか。イエナはまあ人間だからわかるとしても、スラ子は完全にモンスターなのだが。敵意の有無とか？

「いや、そんなことよりトドメだ！」

台所から包丁を持ってきて、ばあちゃんが使っていたであろう杖にくくりつけ、首をひと突きした。オークが握っている武器を使ってもよかったが、起き上がってきたら超怖いし。納屋まで何か取りに行くのも、めっちゃ怖いし。

んで、家の中から攻撃できる手段を考えた結果、このようなチキンプレイになりました。

「ユヅル様！　大丈夫ですか!?」

遅いよイエナ。そう思ってイエナを見ると、その手にはオークの首が三つもぶら下がっている。

百年の恋も冷めるような何かが、背筋を走った。

「恐らく、もう大丈夫かと。気配も消えましたし」

「はあ、物騒だなあ」

オークが街に向かったらヤバイので、イエナと家の周辺を調べてみたが、コチラの世界に湧いて出たのはすでに倒した六体だけのようで、他のモンスターも見当たらなかった。

モンスターは一日一種類って決まりでもあるのかね。しかしまあ、オークが出たとなると、次にオーソドックスなモンスターはオーガとか？　嫌だ嫌だ。

「それにしても、イエナはすごいな」

「とんでもないです」

素直にそう褒めると、合計四体のオークを軽く蹴散らした女騎士は顔を赤くして謙遜《けんそん》していた。

「私は騎士として日々訓練を行っていましたし、【剣術聖級】のスキルを持っていますから……むしろ戦闘用のスキルを有していないユヅル様が、オークを二体も倒せるなんて……」

いいや、この家にあるチート？　というかバリアのようなものがオークを気絶させてくれただけなんだけど。でも、「どちらにせよ所有しているのはユヅル様ですから」とイエナに物凄くべた褒めされて、惚れちゃいそうだった。

童貞キラーの称号でも持っているのか。いや、俺がチョロすぎるだけなのかもしれない。

とか考えていたら、オークを倒したことで俺のレベルが上がっていた。

名前：向ヶ丘ユヅル
種族：人族
年齢：２５歳
職業：農家
レベル：１８≪
体力：４３／４３≪
魔力：４３／４３≪

スキル：農業▲
称号：スライムキラー

《のマークのついた項目の数値が上がっている。▲は、よくわからないが……順調に強くなっているんだろうか……？　毎日毎日、何かしらのモンスターが湧いて出るので、強くならないと一人で畑に行くことすらままならない。あ……畑に行く時はイエナを頼ればいいか。それに二人で農作業を行えば、仲が深まるかもしれないし。

「ぐふふ、ぐふふふ」

「どうしました？」

「あ、いや、なんでもない。とりあえず今日は家に帰ってゆっくりしよう……オークの死体は、スライム達に処理させておく」

「もったいないです。オークはなかなか美味しいんですよ？」

「……マジか」

さすがに人型はちょっと食べられないな。

オークの処理やらなんやらしていたら、あっという間に夕方になっていた。

とりあえず、イエナにはこっちの世界の料理を食べてもらおうということで、今朝、街に行った際に買っておいた食材で夕食の準備。

「お傍で見ててもいいですか？」

「面白いことは何もないけどな」

「いえ、私は神使ですので、ユヅル様の身の回りのお世話をしなければなりません。料理から日々の家事、そして畑仕事までなんでも言いつけてください！」

ぐっと拳を小さく握り、決意を語るイエナ。めっちゃ健気《けなげ》だ。

それって単なる家政婦じゃね？　とも思ったが、騎士隊にいた頃も時間の空いた時は同じようなことをしていたらしい。

イエナと話しながらテキパキと食材を切ってボウルに入れて、調味料とともによく混ぜる。この前、業務用スーパーで調味料を購入しておいてよかった。さて、フライパンにぶち込んでいくか。

「いい匂いがしてきましたね」

初めて作ったにしては、まともな形のハンバーグが焼きあがった。

当初は真剣な眼差しで肉をこねる俺を眺めていたイエナであったが、焼き始めて香りが立ってきた頃には、その興味は完全にハンバーグに向けられていた。

「こ、これはなんでしょうか？」

「肉料理」

ゴクリと喉を鳴らす音が聞こえてくる。まるでお預けされた犬みたいだ。

出来上がった料理をちゃぶ台に並べて三人で手を合わせた。当然スラ子の分もある。

「いただきます！」

「い、いただきます！」

「ぴきぃ！」

ハンバーグの付け合わせは茹でたジャガイモとニンジン。それに、ジャパニーズソウルフードである炊きたての白いご飯。

「はふっはふっはふっ！」

「ははは、ゆっくりお食べ」

異世界にはお箸《はし》がなかったようなので、ナイフとフォークで器用にご飯とハンバーグを食べるイエナ。やめられない止まらないといった勢いで口へと運んでいく。

「こんなに美味しい食事は！　初めてでふっっ！　うぅ……こんなに美味しい肉は、初めて……ふぐぅ」

泣いた⁉　そんなに感動したなら、また作ってあげようかな。

◇◆◇◆◇

一眠りし、夜が明けるとともに俺とイエナは畑に向かった。

イエナはジャージの上から鎧の胸当てを装着し、俺は作業着になっている。

ステータスをイメージしながら着替えていると、面白いことが判明した。しっかりとした服を着るとＨＰが増えるのである。ちなみに、俺がイエナの鎧を装備してもＨＰは増えないどころか、重たくて動けなかった。こんなものを身に着けて跳躍するイエナは化物か。

ちなみに、スラ子は家で留守番。

昨日、試しにエナジードリンクを飲ませてみたら、スラ子の色がみるみる黄金《こがね》色に変わった。それが、面白くて、調子に乗って次から次へと与えてしまったら、そのせいか、今日のスラ子は具合が悪そうにしてずっと動かなかったのだ。ごめんな、スラ子。

「モンスターは出現してないみたいですね」

「まだ、朝早いからかな？」

そんな会話をしながら畑の周りを見て回る。

何も植えられていない畑は、ここ三日間ですっかり荒れ果ててしまっていた。

ばあちゃん、すまん。俺、畑を守れなかった……と深く謝罪しつつ、どうしたものかと考える。

農業スキルがあるので色々と取り組んでみたいけど、いかんせん危険すぎる。

手っ取り早く現代チートで強くなればいいかと銃を持つことも考えたのだが、猟銃《りょうじゅう》免許を取得するには凄まじい手間がかかる。現状、エセ農家兼ニートなので時間だけは有り余っているものの、面倒なのでやる気も出ない。

もし奥多摩がアメリカだったら、オークが湧いたぞ！　豚野郎を撃ち殺せ！　HAHAHA!!みたいなノリでガンガンいけるのかもしれない。

だが、ここは日本。俺に戦う力はないし、せいぜい俺の死体が発見された後に、奥多摩が特地となり、自衛隊にオーク討伐隊が編成されるくらいだろう。

でも、当然死にたくはないので、朝から張り込んで出現したモンスターをイエナとともに狩る計画を立てた。レベルを上げて物理で無双しよう。異世界ラノベでもゲームでも、これが最適解なのだ。

「だいぶ荒れていますね」

「うん、そうだな」

イエナの言う通り、畑はスライムの水分でぐちゃぐちゃになっている上に、俺が暴走させた耕運機であらゆるところがほじくり返されており、目も当てられないような無惨な状況と化していた。

「畑の近くに小屋がありますね」

「あれは納屋ね。道具がしまってある。行ってみるか」

とりあえずイエナとともに納屋に行き、農具を物色することに。

「面白い形の斧です」

「それは鉈ね」

あれはこれはと興味津々の表情をしてはしゃぐイエナ。

農業に興味でもあるのかと聞いたところ、隠居した騎士の多くは田舎で農業をして老後を過ごすらしく、いずれは自分も畑を耕そうと考えていたみたい。それって完全に男の隠居ルートでは。

「イエナは女騎士なんだし、結婚でもして穏やかな暮らしができるんじゃないの？」

「結婚したとしても、王都で華々しく生活できるのは一握りです。結局、家庭に入ったとしても適当な村や街に落ち着くのですよ」

こんな感じで、俺とイエナは雑談をしながら耕運機を動かし、鍬を振るい、ボロボロになった畑をそれぞれ耕し始めた。

「憧れていたんです。誰かを守ることに。秩序を律し、悪を罰することに」

フロント家は貴族ではないが、彼女の父親は騎士として身を立てた一代限りの名誉貴族というものだそうな。そしてご両親の方針で男も女も関係なく、騎士にするための厳しくも平等な教育が行われていたらしい。

「そんな家庭の中で育った私は、周りから男女《おとこおんな》と言われて、恋愛や結婚の対象になったことはありませんでしたね……」

「ふーん、もったいないな、こんなに美人で可愛いのに」

「へ？」

鳩が豆鉄砲を食らったような表情になるイエナ。

「いやさ、真面目で向上心があって、正義感が強い上に美人って、この神の世界なら次から次へと男が寄って来るだろうなって……」

真顔でそう告げると、イエナは顔を真っ赤にして鍬をブンブンと振り回しながら謙遜していた。

「いいいいやいや、そんなお戯《たわむ》れを！　淑女《しゅくじょ》の道なんか私には無理というか、性《しょう》に合っていないというか！　ほんとに！　捨ててましたし！」

免疫《めんえき》ゼロか、こいつ。凄まじい勢いで深さ一メートルくらい掘られた畑が、イエナの慌てっぷりを物語っている。ってか、大事な畑に何してくれてんだ。可愛いから許すけど。

「そそそれに！　私はユヅル様を一生お守りすると、己の騎士道に誓わせていただきましたので！」

「ん？　それってプロポーズじゃ……？」

「プププププロプロポポポーズ!?」

ちょ、ちょっと慌てすぎ！　イエナは顔を真っ赤にしつつ、照れ隠しに鍬を振るう。それはもうひたすら振るう。そのスピードは凄まじく、持ち手がミシミシと音を立てて地面に大穴が空いていた。これはもはや漢女《おとこおんな》の域だ。騎士団に入ったことは間違ってなかった……なんて思ってたら、イエナの鍬ががぶっ壊れ――。

「ひえっ！」

――俺の頬を掠《かす》めて飛んでいった鍬先は、タイミングよく出現したモンスターの頭にヒットした。

「――ゴアアアアアアアアアアッ‼」

「うわあぁ！」

モンスターの轟《とどろ》く咆哮《ほうこう》に押されてすっ転んだ俺を、イエナが受け止めてくれる。

「大丈夫ですか⁉」

「そ、そんなことより！　なんじゃありゃ！」

そいつは三メートルくらいある巨体で、異様なほど腕が長く足が短かった。大きな牙を持った凶悪な顔に、頭に生えた二本の角。まるで赤鬼。

「あれは、レッドオーガ⁉　なぜこんなところに⁉」

オークが出たんだから、オーソドックスな強敵モンスターであるオーガもそろそろ出るかなーとか思っていたが、まさか昨日の今日でフラグを回収してしまうとは。

「ゴアアアアア！　ウゴアアアアア！」

「あれ？　なんか痛がってない？」

頭を押さえて蹲《うずくま》るレッドオーガの手の隙間から、何かがポロリとこぼれ落ちる。

「ん？　角？」

これは、少しまずいんじゃないか？　ほら、角って鬼の命よりも大事ってイメージがあるから。

「──ゴアアアアアアアアアアアアアア!!」

おわあああ!?　やっぱり鬼さんめっちゃ怒ってるじゃないっすか！

「ユヅル様！　激昂《げっこう》したオーガは身体能力と回復能力がともに上位クラスのモンスター並みに強化される中位クラスのモンスターです！」

「え!?　どっち!?」

上位なのか中位なのか、はっきりしてくれ。

要するに、身体能力と回復能力は上位だが、その他の部分は中位クラスのモンスターだということでファイナルアンサーなんですか!?

「角を一つ圧《へ》し折ることができたのは幸いです！」

「え？　なんで!?」

「二本の角がそれぞれ身体能力と回復能力を担っているんです！」

レッドオーガの真っ赤な身体から蒸気が噴き上がったかと思った瞬間、こちらに飛び込んで来る。

同時に、イエナも弾かれたように飛び出す。

一瞬の間を置いて、俺の目の前でイエナの剣とオーガの爪が鍔迫《つばぜ》り合いを始めた。

「ぐっ、ユヅル様！　逃げてください！」

歯を食いしばってオーガの猛攻を凌《しの》ぎながら、イエナが叫ぶ。

「この蒸気……！　折れたのは回復能力の角のようです！　ここは私がなんとか時間を稼ぎますから！」

オーガの身体から蒸気が上がっているのは【身体強化】のスキルを使った証拠らしい。

「イエナ……！」

「早く行ってください！　騎士が守ると誓ったんです！　おとなしく守られてください！」

その口ぶりはまるで自分の命を犠牲にするみたいだった。けれど、そうはさせない。俺なんかを守るために、美人の命を懸ける必要なんてないんだ。

「イエナ、家だ！　家の中まで入れば、オーガも進入できないはずだ！」

「……わかりました！　ハアッ！」

イエナの剣を後ろに飛びのいて躱すオーガ。この隙をつくしかない。

「行こう！」

「あ、はい！」

イエナの手を引き、全速力で家まで駆け……ってこらイエナ、顔を赤くしてる場合じゃないぞ！

道すがら、スライム達を呼び寄せてオーガの足止めを狙うが……。

「ガアアアアッ!!」

何の意味もなかった。オーガはスライム達を蹴散らしつつ、全力疾走で追いかけて来る。

「失礼します！」

「おわっ⁉」

何これ、恥ずかしいんだけど！　金髪美女にお姫様抱っこされる二十五歳ニート。

俺が走るよりも、イエナが俺を抱えて走る方が数倍速かった。情けないぜ。

「ガアッ！」

後方からプシューという【身体強化】の発動音がした。どうやら本気を出したらしい。

――ドゴンッ！

「うわぁっ！」

ものすごい衝撃音がしたと思った瞬間、イエナもろとも前方に大きく吹き飛ばされてしまった。

「ぐっ……すみません、足をやられました」

「大丈夫かイエナ⁉」

しゃがみこんだ彼女を見ると、足に大きな裂傷を負い、おびただしい量の血を流している。怪我の具合はかなり深刻な様子。イエナの顔はどんどん青ざめてきている。

「くそっ！　家まで、あと少しなのに！」

まさか、こんなところで終わりだなんて。ばあちゃん……畑を守れなくてごめん。

するとスラ子がフラフラと現れて、オーガの前に進んで行く。

「お、おい、危ないから家にいろって！」

「ぴきぃ？」

家に置いてきたスラ子が……なんでこんなところに。

「病み上がりだろ⁉」

「ぴきぃぴきぃ！」

もう元気だよと言わんばかりにピョンピョンと跳ね回るスラ子。そこへオーガの怒号が響き渡る。

「ガアアアアア！」

「ユヅル様！　スラ子様と早く逃げてください……ここは私が、命に代えても……」

「ダメに決まってんだろ！」

今度は俺がイエナを抱きかかえる。最後まで諦めてたまるか。

「ゴヘヘ」

イエナが手負いだと理解したレッドオーガは、凶悪な笑みを浮かべている。

「お願いします……ユヅル様。私を置いていけば……」

「ダメだ！」

ばあちゃんが言ってたんだよ！

惚れた女がピンチなら、何が何でも助けるのが男だって。じゃなければ、格好悪いって！

「ゴハアアッ！」

オーガの身体から蒸気が噴き出す。再び【身体強化】を使う準備に入ったようだ。最高速度のダンプカーに轢《ひか》かれるみたいに、俺達はふっ飛ばされて殺されるんだろうか。

「くそったれー！」

腕の中で震えるイエナを抱きしめて、そう叫んだ時だった。

「ぴきぃいいいいいいいいいいいいいい!!」

――ドビシュッ!!

スラ子からとんでもない勢いの水が一直線にオーガへと射出された。なにこれ、水流ビーム!?

「へ?」

まるで力士のような分厚い脂肪と筋肉に覆われたオーガの腹に、半径二十センチほどの穴が空く。

「こ、この技は!?」

「え?」

先ほどまで震えていたイエナが、唖然《あぜん》としていた。また、わけのわからんレアなやつか、ついていけないいから後にしてくれ。

「ゴ、ア……」

オーガは口から大量の血を吐き出しながら、うつ伏せに地面に倒れた。

……これは勝ったのか? わけわからんけど、勝利したってことでいいのか?

色々な疑問が残っているものの、とりあえず後片付けに奔走《ほんそう》することに。

今までの傾向から、モンスターは一日一種類。今日はもう出てこないはずだ。とりあえず、オーガの屍《しかばね》をスライム達に処理させ、イエナの傷口にオロエイトを塗ってあげる。

その後、畑で作業をしていたら、いつの間にか夜になっていたので夕食をとることにした。

本日の献立は豚の生姜焼きにご飯と味噌汁。

「はわわ！　美味しい！」

はい、今回もオーバーリアクションいただきました。

夕食も終わり、一息ついたところで今朝の顛末《てんまつ》を話し合うため、三人でちゃぶ台を囲む。

「イエナは、スラ子のアレに何か心当たりがあるのか？」

「はい。それをお話しするために、スライムが生まれてくる過程を簡単に説明いたします」

「お願いします」

「下界では、魔力の元となる魔素《まそ》というものが空気中に分散しており、森の奥や洞窟のような人の手が加えられていない場所に溜まっていきます。我々は魔素溜まりと呼んでいるのですが、そうした場所はモンスターの棲家《すみか》になりやすいんです」

「へー。それって、昨日言っていた狩猟区みたいなもん？」

「ええ、濃密な魔素溜まりが狩猟区となりますね。そして、この魔素がモンスターを生み出します。スライムは魔素を含んだ水が変じて生まれたモンスターであり、水場さえあれば、どこにでも出現するんです」

「そうなんだ……でも、全てのスライムがあんな水流ビームを撃てるわけではないでしょ？」

「そうですね。本来ならスライムは屍や塵《ちり》くらいしか溶かせません。ですが、濃密な魔素溜まりで、ごく稀《まれ》に大量の魔力を保有した個体が生まれることがあるそうです。そうして生まれてきたスライムは自由意志を持ち、人とも意思疎通が可能なほどの知能を持つ魔獣になると伝えられています」

それってまるでスラ子だな。っていうか、本当にスラ子じゃないのかそれ。

「スライムはその身を維持するために、水流操作系のスキルを生まれた時から有しています。しかし、矮小《わいしょう》な魔力ゆえに、本来の力を発揮することができないとされています……が」

「スラ子は本来の力ってやつを発揮した感じ？」

「そうなんです。初めて見た時から神々しいとは思っていましたが、まさか魔獣化したスライムだったなんて……信じられません。特に大きな魔力も感じなかったですし」

イエナ曰《いわ》く、魔力を隠す技術がなければ身体から魔力が漏《も》れ出してしまうらしい。

「オーガを倒す直前、凄まじい魔力の迸《ほとばし》りを感じました。隠していたとも……思えないのですが……」

にわかには信じがたいと、覚束《おぼつか》ない箸使いで生姜焼きをご飯の上に何度も落としながら、なんとか口に運ぶイエナ。顔と身体は立派な大人なのに、箸の持ち方はまるで幼稚園児。そのギャップが可愛くて、食事をするのが楽しい。時計がわりにつけているテレビで、子供向け番組が始まると、気になるのか妙にそわそわするイエナも萌える。

「……もしかしたら、その魔力の原因はこれかもしれん」

スラ子が寝込んだ原因であろう飲み物をちゃぶ台の上に載せる。

エナジーモンスター。緑色の缶に入ったこのエナジードリンク、異世界風に当て字をするならば、魔力活性化飲料ってところか。確実にこれのせいな気がしてきた。

「これを飲んだことで、スラ子様の魔力が上昇したんですか？　魔力を回復させる秘薬は知っていますが、最大値を増やす秘薬なんて聞いたこともないですね」

「……神の飲み物だからじゃね？」

神の世界ですら、これを一本飲むことで一日くらいはなんとか徹夜できる。

そんなドーピングドリンクを異世界人に飲ませるとどうなるか。

「飲んでみてもいいですか？」

好奇心旺盛なイエナが緑色の缶を手にとった。

「一応、スラ子が寝込んだ原因ぽいから気をつけてね」

「はい。しかし、これで私の魔力が増えるなら、ユヅル様を二度と危険に晒《さら》すことはありません！

ゴクゴクゴクッ！」

一気に口に含んだイエナはゴホッとむせ返っていた。

「ゴホッ！　ゴホッ！　の、喉が焼けるようです！」

「勢いよく飲めばそうなるわな……」

涙目になるイエナは、初めて炭酸ジュースを飲んだ幼児みたいだった。

「………げぷっ」

顔を真っ赤にして口元と喉を押さえるイエナ。相当、恥ずかしかったんだろうな。それでも、一度口をつけた飲み物を残すことは騎士道に反するとかいう謎ルールで、頑張って飲みきっていた。

「……あれ？　なんともありません？」

どうやら、杞憂《きゆう》に終わったようだ。

その後も、鎧を磨きながら教育テレビを見るイエナを観察していたが、特段、妙な反応はない。

さて、彼女がテレビに夢中になっている隙に、俺はひとっ風呂浴びとくか。

◇◆◇◆◇

お風呂は命の洗濯である。ここ三年、ブラック企業に勤めていた間はシャワーしか浴びなかった。風呂は時間の無駄だと洗脳されていたからな。会社を辞めて少し心に余裕が戻ると、その洗脳は解け、この家に移って以降、夜には必ず湯船に浸かっている。

古い造りの家だからか、あるいはリフォーム会社のポリシーなのかはわからないが、浴槽《よくそう》はえらい広かった。大人が足を伸ばしても、三人は入れる広さ。束の間の幸せタイム。

「スライムが大量に湧いて、何故か一匹だけ俺に懐いて、ゴブリンを必死の思いで倒したら、金髪美人女騎士が死にかけていて、さらにオークが湧いて、その次はレッドオーガだ。あわや死亡事故だろ、さすがに俺も死を覚悟したってな～アハハン♪」

一人で回想にふけりながら湯船を楽しむ。

死ぬことすら覚悟したレッドオーガとの戦いでは、スーパースライムと化したスラ子のお陰で事なきを得た。その原因はエナジードリンクかと思ったが、イエナを見る限り判断がつかない。どう考えてもそれしかあり得ないはずだけどなぁ。まさかのハンバーグってわけでもないだろうし。

漢方薬は体力と魔力を全回復させ、万能軟膏オロエイトは、どんな裂傷すらも治した。他にもそういう効果を発揮する製品があるか気になるところだが、その前に。

名前：向ヶ丘ユヅル
種族：人族
年齢：25歳
職業：農家
レベル：21《
体力：46／46《
魔力：46／46《

スキル：農業▲
称号：スライムキラー

この農業スキルをなんとか使えないだろうか。
イエナの口ぶりからすると、かなり貴重なようだし……俺、大変気になります。
しかし、これといって説明のようなものは存在しない。どうしたもんか。
一つ気になることがあるとすれば、農業の下についている▲のマーク。
なんぞや？　とじっと見つめていると農業スキルの中身が表示された。

スキル：農業▼〈農具農機術、農業知識、肥料作成、成長調整、送粉者使役、次元納屋、品種鑑定、品種改良、品種改変〉

「……そういうことかよ」
▲はタブのようなものでした。
さて、とんでもない数のスキルが表示された中に一つ、気になるものがある。

「品種鑑定……鑑定？」

まさか、最近の異世界ラノベにおいても一位二位を争そうであろう使い勝手のよさを誇る、あの鑑定なのだろうか。これで鑑定チートができる。ただし農業スキルに含まれていることから、農作物限定って可能性もある。それだと、かなり残念な能力になってしまうが。

「まあ、試しにイエナを鑑定してみればいいか……」

湯船にとぷんと首まで浸かり、目を瞑《つむ》ってのんびりと明日の予定を考えていると、脱衣所からイエナの声が聞こえてきた。

「ユ、ユヅル様！」

「ん？」

「し、失礼します！」

「はえええええええええ!?　ちょ、ちょっと待て！　おい！」

目を開けると、全裸のイエナが風呂場に突入して来た。

「か、身体が熱くて！　動悸《どうき》もすごく速くて、お、おかしいんです！　私の身体、おかしくなっちゃったみたいなんです！」

潤んだ瞳でそう叫ぶイエナの足元には、お約束と言わんばかりに石鹸が置いてある。

「ちょ、ちょっと待て、そこに石鹸があるから――」

「――きゃあああああ！」

遅かったか。石鹸を踏みつけたイエナは、湯船に浸かる俺に突っ込んできた。

「うわぁ！　す、すすすまん！」

以前身体を見たことはあったが、その時のイエナは死にかけていたので、とてもじゃないがスケベなことなんか考えられなかった。いや、ちょっとは考えたか。とはいえ、今回は風呂でモロ。こんなエッチなハプニング……正直、漫画の世界だけだと思ってました！

「こ、こちらこそお見苦しいものを……」

「いやその、見苦しくないっていうか、素晴らしいから、ちょっと退《ど》いていただけないですか!?」

イエナは力が抜けたように、全体重を俺に預けてくる。

「力が、入りません、おかしいのです」

「……エナジーモンスターかっ！」

スラ子に飲ませた後も、朝までこんな風にぐったりしていたのを思い出した。

もしかして、過剰な魔力がどうたらこうたらで、異世界人の身体に悪影響を及ぼすのか……。

「あ、あの……」

「はい？」

一周回って冷静になっていた俺に、イエナが耳元で囁《ささや》いてくる。

「け、今朝の恋愛がどうとかの件なんですけど……私としてはすごく嬉しかったというか……初めて言われたものでして、なんだかその、すごく……ユヅル様が本気だったのかと気になってる次第でして……」

トロンと蕩《とろ》けた視線と目が合った。

「ああ、本当だよ。実際イエナは美人で頑張ってるし、真面目なところもすごく素敵だと思う」

ふと、元同僚の葛城《かつらぎ》さんを思い出した。彼女、今でも元気にやっているだろうか。とんでもないブラック会社で頑張れたのも、葛城さんという同期の存在があったからだ。

溢れんばかりの活力と明るく前向きな性格で、バリバリと仕事をこなす素敵な女性。部署異動で彼女と疎遠になるにつれ、まるで失恋したような気分になり、働く気力がみるみる低下した。結果、なし崩し的に仕事を辞めてしまったくらい、俺は彼女に惹かれていた。

葛城さんもイエナも真面目で前向き。そういう女の人に惹かれるんだろうな、俺は。

まあ、葛城さんはどうでもいいか。今は目の前のイエナをなんとかしないと。

「こういう時、どういう表情をしたらいいかわかりません」

そう言いながら、潤んだ瞳でこちらを見つめてくるイエナと視線が絡み合い、俺は思わず抱きしめてしまっていた。

「え、うん……俺もどうしたらいいか、さっぱりすぎる」

ついつい抱きしめてしまったんだが、童貞丸出しの切り返しだったかな、これ。

「男の人に褒められるって、こんなにも嬉しいことなんですね。今まで叱《しか》られてばかりでしたから。萎縮とはまた違う感覚で胸がドキドキして、今にも張り裂けそうで……少し下腹部の辺りが熱を帯びて……」

「——は？」

この辺りで判断がついた。

体が火照《ほて》って熱くなるとともに、妙にスキンシップをしたくなり、胸がドキドキする。それ、なんて媚薬《びやく》？

「ちょ、これ以上は……ちょっとヤバイから退《ど》い——」

「ああっ、い、今動かされたら！　ぁぁぁっ！　うあぁ、アっ！」

ビクビクビクと身体を痙攣させつつ意識を失ったイエナは、湯船の中で水死体の如くプカプカと浮いていた。

さらに思考が三周半ほど回って冷静さを取り戻した俺は、ぐったりとしたイエナを抱えて無言で風呂を後にする。

……異世界人にエナジードリンクを与えるのはダメ。そう心に誓った。

第三章　チート畑で農業スキルを使ってみたわけだが

翌日、ふかふかの布団で目覚めたイエナは、晴れやかな表情を浮かべていた。ちなみに、部屋数が少ないので同じ部屋で川の字になって寝ている。俺とイエナでスラ子を挟む並びだ。

スラ子を布団に寝かせているのは、ゆくゆくは人化することを念頭に置いているからだ。しっかりとした教育を施《ほどこ》して、大和撫子スライムに育て上げる狙いがある。

「このフトンというものはよく考えられた寝具です。野営をする場合でも、これさえあれば快適に眠ることができますね」

「ふーん、そんなもんか？」

「はい、このフトンアッシュクキというものは、野営に革新をもたらします」

布団を絶賛するイエナとともに、スラ子を肩に乗せて三人で畑に向かう。

今日こそは畑にモンスターが湧かないでくれと、祈ってみたが――。

「シャワララ！」

早速、大きな蛇のモンスターがいらっしゃいました。

「これは第二級狩猟エリアに出現するラージスネークですね」

「第二級ってことは、かなり危険なんじゃないか？」

「ふふ、今の私には到底及びません！」

イエナはそう叫ぶとともに剣を抜き放ち、ラージスネークに向かって一閃。

風の刃が走り抜けて、蛇の胴体と頭が離《はな》れ離《ばな》れになった。

「すごいな！」

「エナジードリンクでしたっけ？　その秘薬の効果で、魔力が上昇しているみたいなんです……ですから、あのぅ……はぃ……」

イエナは恥ずかしそうにモジモジしている。まさか、昨日のことを朧《おぼろ》げに覚えているのか。

「素晴らしく気分がいいので、また、いただければと……ええ、思っているんですが」

「……今度な」

適当にはぐらかしておく。エナジードリンクは、日本人でも飲み過ぎると身体によくないとネットに書かれていた。イエナは異世界人で、昨夜のこともある。安易に飲ませない方がいい。

今後は、カフェインの含有量《がんゆう》の少ないもので徐々に試すのがいいだろう。そうしないと、少なくとも童貞《おれ》の身が保《も》たない。

「こ、今度っていつでしょうか？　わ、私……待てるでしょうか？」

「が、頑張れよ……うん」

まさか、異世界人はたった一度で、カフェイン中毒になるのか？　恐ろしいなぁ……。

さて、あっさりと本日のモンスターを倒したので畑仕事を開始する。

「スラ子は適当に遊んでて」

「ぴきぃ」

む？　どうやら手伝ってくれるみたいだ。

スラ子はスライム達を従えて、試しに種を蒔《ま》いてみた二十日大根の畝《うね》を湿らせている。ゴブリンやオーク、オーガを消化吸収した体液は、豊富な栄養を含んでいるんだろうか？　正直、作物が変に育っても困るんで普通にやりたいのだが。

スラ子達に畝の水撒きを任せつつ、俺は農業スキルの一つ【農具農機術】を意識しながら鎌を持ち、余計な雑草を抜いていく。鎌の入れ方や引き抜き方から土の始末まで、農具を使った作業の全てが手に取るようにわかった。

これなら、スムーズに畑を拡張できるかもな。もし、作物が成長し始めた時にモンスターが湧いて踏み荒らされたら、さすがに心にくるぞ。

さて、イエナには斧と鉈を渡し、近場の林を切り拓《ひら》いてもらうことにした。心配しなくてもいい、ここらへん一帯はうちの所有地です。

「この辺り、もう五本くらい伐採しておきます！　切った後は薪《まき》にしますか？」

「バリケードにするから、薪にはしないでくれー」

「了解しました！」

畑を耕していた時にも思ったが、イエナはなかなか農業の素質があるっぽい。農業スキルを持っている俺がそう感じるんだから、本当に才能があるのだろう。騎士団で経験してきたのか、伐採した木の取り扱いや、薪の作り方、そしてバリケードの作り方まで知っていた。

これがいわゆる、森ガールってやつか。

そういえば、イエナに【品種鑑定】を使うつもりだったのを思い出した。

「イエナー！」

「はい、なんですか？」

名前を呼ぶと、ジャージ姿のイエナが嬉しそうに駆け寄って来る。早速、鑑定してみよう。

【品種鑑定】
名前：イエナ＝フロント
種族：人族
年齢：２２歳
発育：成熟
調子：魔素異常
レベル：５５
体力：１２７／１２７
魔力：６５４／７７０
スキル：剣術聖級、風属性適性、風魔術中級
称号：異世界の騎士

人間相手でも通じるようだ。うむ、便利スキル確定。相手のステータスが見えるんだから。

それにしても、発育という項目が成熟となっているのだが……彼女の胸を見ると、熟したどころか、もっとすごいことになっている。調子の魔素異常というのは、エナジードリンクを服用した結果だと思いたい。

「あの、いかがなさいました?」

呼び出したのに黙ったままの俺を見て、イエナが首を傾げる。

「【品種鑑定】ってのを使ってみたんだ」

「……鑑定に連なるスキルは伝説級の扱いなのですが……またサラッと言いましたね。ユヅル様なのでもう驚きませんが……」

浮かび上がる項目から、農産物を対象にしたものみたいだが……まあ、普通は野菜や農具、あるいは、土壌の目利きのために使うんだろうな、このように。

【品種鑑定】
名前:なし
種族:なし
年齢:∞
発育:不明

調子：良好
レベル：25678
体力：8874988／8894757
魔力：11451445／11451445

スキル：永世豊穣
称号：神の土壌、パワースポット

い、意味わかんねぇ！　なにこの畑、チートじゃねぇかよ！

畑を鑑定してみた結果、奥多摩のパワースポットだった。

ひょっとして奥多摩湖とかも、パワースポットって称号がついてるんじゃなかろうか。

衝撃的な結果だったが、一旦、チート畑は置いといて。

今日は綺麗に一列だけ種を蒔いた二十日大根に、あらためて農業スキルを試していくことにしよう。

スキル：▼〈農具農機術、農業知識、肥料作成、成長調整、送粉者使役、次元納屋、品種鑑定、品種改良、品種改変〉

▲のマークを注視すると開く、追加項目。
【農具農機術】は初めて使う農具や農機でも、扱い方がわかるという優れもの。草むしりがすごく上手くなった。

【農業知識】は作物や植物にどう接したらいいか、どう育てたらいいかっていうのがわかるみたい。畑とか作物を見ていると、どこからか情報が引き出される。

【肥料作成】は肥料を作成する際のレシピとかがわかるスキルなんだろう。意識すると、たい肥や野菜くずなどの自然にある物を使った色々な肥料の作り方が頭に浮かんでくる。

魔力を使用することで農作物や植物の成長を遅くしたり速くしたりするのが、【成長調整】。要するに、一気に芽吹《めぶ》かせたりできるって能力。

「そもそも魔力の使い方がわからんのだけど」

「えーと、体内を循環する魔力を把握することが第一歩ですね。しかし、ただ意識を集中するだけですと、魔力は霧散《むさん》してしまうので、魔力を使うスキルのキーワードを詠唱したり頭の中で念じたり、あるいは象徴を思い描いたりする必要があります。例えば、水の魔法なら水のマークを浮かべてみてください」

イエナに尋ねると、そんな答えが返ってきた。なんとなく言葉の意味はわかるのだが、魔力を把握しろと言われても、要領がつかめない。まあともあれ、スキルの確認に戻ろう。

【送粉者使役】は、花粉を運んで作物の受粉を助ける生物を使役できるという力。蜂を従えることのできる能力として考えておけば、とりあえず問題なさそう。どの程度まで従ってくれるのか、まだ蜂に遭遇《そうぐう》していないのでわからないが、もし畑だけで食っていけなくなったら蜂駆除専門店でも開業するか。

【次元納屋】は農業スキル版のアイテムボックスみたいなもん。
ただし、ゲームみたいに収納したもののリストが表示されるわけではないので、頭で記憶しておくか、メモ帳に書き留めておく必要がある。

【品種鑑定】は先ほど試したから、最後に【品種改良】と【品種改変】の二つを見ていこう。現在、二十日大根を育てているのは、この二つのスキルの効果を試すためでもあった。

【品種鑑定】
名前：二十日大根
種族：ダイコン種
年齢：なし
発育：未発芽
調子：良好
レベル：0
体力：0／0
魔力：0／0

スキル：なし
称号：なし

野菜に称号だのスキルだの色々とツッコミどころはあるが、ひとまずこの結果を見てもわかるとおり、いたって普通の二十日大根である。これは、最初に作った左の畝に種が蒔かれている。イエナが簡単な立て札を作ってくれたので、油性ペンで『二十日大根ノーマル』と記載しておいた。

その隣に、【品種改変】を使った二十日大根の種を蒔いて、違いを調べようと思う。レベルも体力も魔力もないが、未発芽の状態から育てたら、違う結果になるかもしれない。

「取り出したるは紙コップの中の二十日大根の種。そして使うは【品種改良】！　ドドンッ！」

スキルの使い方がわからないので、とりあえず使う意思を表明してみると……。

【品種改良】
指定：二十日大根
旨味：1／5
促進：5／5
耐寒：3／5
耐暑：3／5
耐虫：1／5

【品種鑑定】のような画面が脳内に表示された。

うーん、いまいちわからん。説明書なんて親切なものは存在しないので、基本的に手探り状態。

五つの要素と数値が出現したが、この数値を弄《いじ》れるって理解でいいのかね？

尺度は五段階。旨味と耐虫が1ってことは、あまり美味しくなくて、虫に弱いってこと？

全くの謎だ。

「とりあえず、旨味に全振りしてみよう」

試してみてわかったのは、この数値を好き勝手に弄れるわけではないこと。どの項目も1より低くは設定できないし、今の数値の合計を超えては割り振れない。例えば、絶望的な数値である旨味を5にするには、耐寒と耐暑それぞれから2ポイントを引いて旨味に足すとか、促進から4ポイント引いて移すとかしなければならず、単純に旨味だけを増やすことはできないのだ。

【品種改良】
指定：二十日大根
旨味：5／5
促進：5／5
耐寒：1／5
耐暑：1／5

耐虫：1／5

耐寒、耐暑を2ポイントずつ削り、旨味に全て注ぎ込む。

促進は削れないな。『二十日大根ノーマル』と同じ時期に収穫しないと比較できない。

【成長調整】を使って、一気に発芽させることも考えてみたが、魔力をどれだけ消費するかわからんので、調子に乗ってホイホイと使うわけにもいかないからな。

「スラ子よ～い！　スライム達に、種蒔きをお願いしてくれっかなー？」

「ぴきぃ～！」

スラ子が指示を出すと、スライム達は改良した種を一斉に蒔き始めると同時に、身体から水分を出して水を撒いてくれた。

そんな様子を眺めていると、スライムは畑仕事のために生まれてきたんじゃないかと、ふと思った。数が多いだけでなく、身体を変形して農具を使ったり、畑に水撒きをしてくれる。しかも、ちゃんと意思を持って。まさに全自動スライム農業。ありがたいです。

「イエナ、立て札ちょうだい」

「はい、どうぞ」

追加で作ってもらった立て札に『旨味全振り二十日大根』と書き、畝の前方に突き立てる。

「旨味全振り？　いったいどういうことですか？」

「農業スキルで農作物の力を弄れるんだけど、とりあえず旨味能力を強化してみたんだ」

「じゅるっ……ラディシェはサラダやスープに入れてよく食べていました。痩《や》せた土地でもすぐに育ちますから、私のいた場所でもよく栽培されていたんです。美味しさという点では、まあ食べられなくもないという評価でしたけど、ユヅル様のお力でどれほど美味しくなることでしょう」

イエナは二十日大根を想像して、じゅるりと涎《よだれ》を垂らしている。

異世界では二十日大根のことをラディシェと呼ぶらしい。ホームセンターで購入した二十日大根の種のパッケージ写真を見ながら、ラディシェ、ラディシェと言い出した時は、その語感からイエナが日本に飽きて、異世界流のカバディでも始めたのかと思っていた。

「非常に楽しみです！　ラディシェは採れたてを生で齧《かじ》るのが騎士団で流行っていました。ですので、収穫する時がきたら絶対に私も参加します！　それでは伐採に戻りますね！」

満面の笑みを浮かべて、イエナが作業に戻っていく。彼女は【風魔術】や剣術を駆使し、あっという間に林を切り拓いていった。この調子なら、二つ目の畑もすぐに作れそうだ。

「さて、最後に【品種改変】だな」

【品種改良】は数値を弄るだけなので、なんとなく理解できた。

さあ、【品種改変】はどんなもんだろうかと、早速試してみたところ――。

【品種改変】
名前：二十日大根
種族：ダイコン種

年齢：なし
発育：未発芽
調子：良好
レベル：0
体力：0／0
魔力：0／0

スキル：なし
称号：なし

改変項目▼
【項目書き換え】
【種化】　※発芽後より可能
【魔力付与】
【スキル付与】　※レベル10より可能
【称号付与】　※レベル20より可能

――なんと、こっちが大本命だった。

【品種鑑定】で表示されるステータスの最後に、改変項目なんてのが並んでいる。

異世界式の遺伝子組み換えみたいなもんだろうか。

種の状態で弄れるのは、項目書き換えと魔力付与のみ。

そこから作物のレベルが上がることでスキルを付与できるみたいだ。

とりあえず、パッと浮かんだ使い方は強制的な輪廻転生《りんねてんせい》。ある程度育った農作物に魔力やスキルを付与してから種化、また育成した後に魔力を付与して種化……という作物の改変ループみたいな感じの。

「う～ん、狂気の沙汰《さた》としか思えないな」

現時点の二十日大根では魔力付与、そして項目書き換えくらいしかできないが、試しにやってみることにした。

【品種改変】
名前：マダコン
種族：魔大根種
年齢：なし
発育：未発芽
調子：魔力内包
レベル：1

体力：1／1
魔力：10／10
スキル：なし
称号：なし

改変項目▲

どうせ食べるからってことで、面白半分で魔力付与して、種族の項目を「魔大根種」と書き換えてみると、名前が「マダコン」になってしまった。断っておくが、俺のセンスではない。異世界のシステム的な何かが勝手に命名した。

魔力付与をしてから気づいたんだけど、一度の魔力付与で10の魔力を使っていた。

俺の今の最大魔力は46。おおよそ四分の一弱の魔力がこの二十日大根に奪われた計算になる。

魔力が抜けていく感覚は、身体の奥底から倦怠感《けんたいかん》が湧き上がってくるようだった。

「ユヅル様！　大丈夫ですか⁉」

魔力が減ったことでフラフラと座り込んでしまった俺のところに、イエナが駆け寄ってきた。スラ子も心配そうに近づいてくると俺の肩に飛び乗り、プルプル震えている。

「【品種改変】で二十日大根の種に魔力を付与したら、ごっそりと持っていかれた」

「ええ、ユヅル様から漏れ出す魔力もかなり薄くなっています……ユヅル様はまだ魔力を使うことに慣れていないので、かなり辛いと思います。ぜひ練習しましょう、私が手伝いますので」

「今度頼むわ……とりあえず、すごく疲れたから休憩しよう。家に戻ってご飯だ」

そんなわけで、持っていた種を畑に蒔くとイエナにパパッと作ってもらった立て札に『マダコン』と大きく書いて、畝にぶっ刺して家に戻った。

畑の世話はスラ子が指示を出したスライム達がこなしてくれているし、大丈夫だろう。

余談だが、スライムの餌は一日一種類湧いてくるモンスターの死体を与えておけば十分っぽい。

さて、昼飯はぶっかけうどん。オリジナルメニューなんか作れるほど料理慣れしていないので、レシピサイトに即席の昼飯を考案していただいた。

「不思議な風味と食感のパスタです。でもクセになりますね、この素朴な味付けも」

「うどんな」

どうやら異世界にはうどんがないらしい。その代わりにパスタがあるみたいだ。

うどんを啜《すす》りながら、縁側から外の景色を眺めていたイエナがボソッと呟いた。

「ユヅル様、なんだかこの木、ちょっと赤黒いのですが……神の国では普通なのですか？　季節に応じて赤黒くなったり……？」

「ん？　季節によっては色が変わるけど、赤黒くは……ってマジで赤黒いんだけど!?　なんで？」

これまで家を囲う垣根には緑色の葉が生い茂っていたが、現在、その一部が赤黒く変色している。

「思い当たる節《ふし》なんか……あったわ」

頭を捻《ひね》って、ここ数日の出来事を思い返すと、すぐにピンときた。

オークだ。先日、イエナが切り殺したオークが倒れていた場所。

こういう得体の知れない現象は、だいたい異世界が原因のはず。オークの血を吸った垣根が、モンスターと化して俺に襲いかかってきても不思議ではない。

「まあ、鑑定すればいいだろ？」

「さすがです！　便利です！」

褒めすぎ。褒めても何も出ないけど、今日の夕ご飯はステーキにしてやろう。

イエナは力仕事を頑張ってくれたし。さて鑑定の結果。

【品種鑑定】
名前：向ヶ丘アサヒ
種族：イヌツゲ種
年齢：88歳
発育：成熟
調子：休眠中、魔素中毒
レベル：88
体力：68／176
魔力：0／0

スキル：なし
称号：護《まも》り樹《ぎ》

「え、名前持ち？　しかもウチの苗字がついているんだけど」

どういうこと？　それより――。

「……魔素中毒って？」

レベルがやけに高いとか称号を持っているとか。あ、うちの垣根はイヌツゲって種類の植物なんだ……とかは置いといて、魔素中毒っていうのが気になる。

恐らく、赤黒い葉っぱの原因はこれだろう。

「魔素中毒……記憶にあります。以前、医療部隊の所外活動に同行した際に聞きました。確か、魔力の少ない人間がモンスターの濃い魔素を身体に取り込むと発症する病と」

「身体に取り込むってどんな風に？」

「モンスターが纏《まと》っている魔素は基本、人に有害なんです。死んでしまえば霧散するのですが……魔力や魔素耐性が低い人は傷口から侵食されることがあるそうです」

細菌に感染するようなものか。このイヌツゲ、もとい向ヶ丘アサヒは魔力を持っていない。こっちの世界の植物だし。そんな状態で、オークの新鮮な血液をそのまま吸い上げたため、魔素中毒になってしまったんだろうと推測できた。

「どうやって治すんだ？　その魔素中毒ってのは」

一応、【品種改変】で魔素中毒の項目を書き換えようと試してみたが無理だった。

「魔力回復薬を与えるのが一番だと、医療部隊の方が言っていました。どういう仕組みかはわかりませんが、魔力回復薬で魔素を中和できるそうです。ただし、用法用量を間違えると魔素中毒が悪化する可能性も大いにあるとか……」

イエナの話でおおよその目星がついた。日本にある植物感染症の類《たぐい》なら俺にはどうすることもできない。

だが、異世界の病気が相手ならばってことで、準備したるはエナジードリンク六本。そして、コンビニで買ってきた漢方薬。イエナ曰く秘薬、霊薬、神薬の類であるこの二種類を――。

「向ヶ丘アサヒ！　俺はお前を死なせねぇ！」

そう叫びながら赤黒くなっている箇所と根元の土にぶちまけた。

「ああ、もったいない……」

「黙れ！　カフェイン中毒！」

指を咥《くわ》えてエナジードリンクの行方を見つめるイエナ。ドリンクは葉っぱにぶちまけて、漢方薬は土にばら撒いただけだが、果たしてこんな荒々しいやり方で大丈夫なんだろうか。

しかし、効果はすぐに現れはじめた。

「さすが神の国の薬、魔素が薄れていきます！」

「これで一安心か……」

赤黒く変色していた部分が、爛々《らんらん》と輝く緑色に変わっていく。

まるで浄化されていくようだった。
「ちゃんと治ってるか確認するか」

【品種鑑定】
名前：向ヶ丘アサヒ
種族：ドライアド種
年齢：88歳
発育：魔力成熟
調子：覚醒、良好
レベル：88
体力：176／176
魔力：5280／5280

スキル：植物属性、植物魔法
称号：護り樹、固有種、樹精霊、スーパーイヌツゲ

……は？　どうやら、唖然呆然《あぜんぼうぜん》としていた俺の顔はよほど酷かったらしく、イエナまでギョッとしていた。いかんいかん……。素早く表情を整えて、イエナに尋ねてみる。

「植物が魔法を使えることってあるの？」

「……魔素によって意思を宿した植物の魔物なら使えますね。トレントやエント。中でもドラゴンのような姿をしたドラゴンプラントは都市を一つ潰したとか……」

俺の質問にうーんと首を捻りつつ、イエナが答えた。

「なるほど。ちなみに、この植物さ、【植物属性】と【植物魔法】なんつうスキルを持っているみたい」

「えええ⁉　ユヅル様、【植物魔法】を使えるモンスターなんて、精霊ドライアドくらいしかいませんよ？　さすがに神の薬をたくさん使ったからって……いくらユヅル様でも……」

「その、ドライアドっぽい」

「ひょえええええーーーーーー‼」

イエナはとんでもない悲鳴をあげながら、不気味なポーズで飛び上がって驚いていた。

なんだそのリアクション。ほんっと、ご近所さんがいなくてよかった。

「いきなり襲ってきたりしないよな？」

畑のスライムはスラ子が統率しているし、俺もスライムキラーの称号を持っているので、彼らに襲われる心配はないが……。

他のモンスターは別である。基本的に人間を好んで襲うみたいだし。

「大丈夫だと思います。仮にもユヅル様の名前を受け継ぐ植物であり精霊ですから。それに敵意があれば、今頃、絞め殺されているのではないかと」

イエナがそう豪語するからには、危害を加えられる心配はないのだろう。

どうやら、精霊の加護を得た人間は幸運に恵まれるなんていう話もあるようだし、精霊が家に来るってのは、基本的に縁起のいいことみたいだ。異世界では、だけど。

「精霊使いという職業の方は、その名の通り精霊達の力を借りて魔術を使います。一度精霊使いの宮廷魔術隊と戦闘演習を行いましたが、とても素晴らしかったですよ？」

「そうなんだ……そのうち、意思疎通できるようになればいいな」

降って湧いた垣根の精霊化騒動の後、畑仕事をしていたら、あっという間に日が暮れていた。

相変わらず、田舎は夜になるのが早く感じる。今日はもう終わりにして、ご飯にしよう。

本日の夕食。ステーキと味噌汁とご飯が四人分。ちゃぶ台を囲むのは、俺、イエナ、スラ子に追加して――。

――ワシャワシャワシャワシャ!!

庭から枝を伸ばして器用に味噌汁をかっさらい、葉にぶっかけていく、イヌツゲ種のドライアドもとい向ケ丘アサヒ。

「イエナさんのいらした世界の精霊ってのは、味噌汁を飲むんですか……？」

「いえ……空気中に漂っている魔素を自然吸収するか、使役主の魔力を少し貰う程度のはずなのですが……」

ステーキをご飯の上に載せつつ、イエナが言葉を続ける。

「スラ子様を見ていてわかったんですが、神の国の食物には上質な魔素が含まれているようなんです。魔素を摂取して生きるモンスターにとって、この食事はかなりのご馳走ですね。私も日増しに魔力が増えていく実感が——ああ!! このステーキとやらは素晴らしく美味です！」

そう言葉を締めるとご飯と一緒に肉をパクッと食べて、頬を片手で押さえて味の余韻《よいん》に浸っていた。

「そ、そうなんだ……」

もはや何も言うまい。異世界から来た奴らはなんでもありなんだろ。それにしても、汁物はまあいい。葉っぱにかけるだけだし。ステーキみたいな固形物はどうやって食べるんだ。

それと、食べ方だな。人化する可能性を踏まえてスラ子に食べ方を躾《しつ》けているわけだし、アサヒにもマナーを教えた方がいいのだろうか……？　悩みが尽きない一日だった。

◇◆◇◆◇

食い扶持《ぶち》が増えた結果、向ヶ丘家のエンゲル係数はとんでもないことになりつつあった。

両親からの生活費の援助は、退職金やリフレッシュ手当みたいなもんも含めてくれているのか、わりかし多め。海外支部長ともなれば、齧《かじ》れるスネも分厚いようだ。

とはいえ、両親が想定しているのは、あくまで一人分の生活費。今の我が家には女騎士やスライム、そして精霊と化した垣根がいる。四人分の生活には、かなり厳しい。

いや、女騎士以外は人外だろうが、なんて思うだろ？　人様と同じものを食べて生活をするんだから、人間として同じだけ食費がかかるんだよ。ちくしょう。

なんでこんな話をしているのかというと、街まで食材の買い出しに行くからである。

さらにこれまでとは違って――。

「衣服まで買っていただけるなんて……ありがとうございます！」

「いいよいいよ」

本日はイエナも街まで一緒に行くことに。どうやら、この前買ってきた下着はブラジャーのサイズが全くもって合わなかったらしい。じゃあ、プロに測ってもらわないとと考え、どうせならついでに洋服とかも一気に見繕《みつくろ》ってもらおうと思って、お誘いしたのである。

「あ、あの……この黒い物体はいったい？」

「車。鉄の馬車だと思ってくれればいい」

我が愛車は日本で一番売れている軽自動車。まあ、親のだけど。

鍵に付いているボタンを押すと、ガチャっと音がしてロックが解除される。その音にまでビクっとするイエナさんが超かわいい。

「ほら乗って」

「……は、はい」

不安そうな表情で様子を窺うイエナを助手席に押し込む。シートベルトの付け方もわからないようなので、教えてからドアを閉めた。

こんな具合のイエナを乗せて、奥多摩のくねくねとした山道を走ったところ——。

「は、速いです！　こ、怖い！」

「ぴきぃぃぃ～～！」

イエナは怖がってスラ子を抱きしめている。その姿、とても素晴らしいです。

「大丈夫大丈夫。ってかスラ子が圧迫されてえらい形になってるぞ」


家から一時間強のドライブを経て、最寄りで一番栄えている街に到着。車を駐車場に停め、日本有数の衣料品チェーン、シモムラへと徒歩で向かった。

「あのあのあの、し、視線がすごく気になるんですが……っ」

傍《はた》から見れば、イエナはとびきりの金髪美人である。そんな人物が、ブカブカのジャージを着て歩いているとなれば視線が集まるのは仕方ない。

俺としては、ちょっとした優越感を味わえてウキウキ気分。

ハッ……ひょっとして、これって人生初のデートというものなんじゃないか？　念願の初デートで隣にいるのが金髪美人だなんて、心臓発作とかで突然死しないよう注意しなければ。

「いらっしゃいませー！　いかがなさいました？」

シモムラの店員さんに笑顔で迎えられたので、とりあえず下着コーナーに案内してもらって彼女のサイズに合う下着を選んでもらうことにした。

「あの、こういうのは身につけたことがなくて……」

「お客様にぴったりの下着をセレクトいたします！　あ、彼氏さんはソファに座って少しお待ちくださいね～！」

おどおどするイエナの仕草に店員魂を刺激されたのか、シモムラの店員さんはカッと目を光らせたかと思うとイエナの手を握り、近くの試着室まで凄まじい速度で引っ張っていってしまった。

「彼氏……なんて耳に心地のよい響きだろうか……」

もう死んでもいい、おっふ。顔がニヤけてくるなあ。

「ちょっと待て！　どこを触っている！」

「はーい、動かないでくださいねー！　……うわぁ、すっごい」

色々と妄想が膨らむような内容の二人の会話が丸聞こえなんですが。すごいって何がだよ。

しばらくして、息を荒くしたイエナと妙に満足気な笑みを浮かべる店員さんが戻ってきた。

「……かわいい」

着替え終わったイエナを一目見て、思わずそう呟いてしまった。

俺のボキャブラリーが貧弱すぎて上手く言えないが、スカートとブラウスにカーディガンを羽織っただけでも、とんでもない破壊力だった。

「素材がいいのでシンプルにしてみました」

「店員さんグッジョブ！」

「オールコーディネートです。靴も靴下も、アクセサリーもセットでお安くしますよ？」

「全部買った!!」

まんまと乗せられてしまった気がしないでもないが、イエナの格好がとにかく素敵なので全て買った。

その格好のまま二人でスーパーに向かうと、周囲からの視線がグサグサと突き刺さる。

「うわっ……すごい美人だ」

「ってか隣の男……ダサくね？」

「どうせ金だろ？」

「いや、あの顔はどう見ても金もってなさそうだろ。ってか、ニート臭すごくない？」

……………。

「あの、ユヅル様？」

黙る俺の顔を心配そうに覗き込むイエナ。

「イエナ……ここでは……ユヅルって呼び捨てにしてくれないか!?」

「ええ、そんな……さすがに主に対して……」

「なら命令だ、頼む！　俺が傷つくだけだから!!」

「は、はい……で、では……ユヅル」

両肩を掴んで訴えかけると、イエナは顔を真っ赤にしながら俺の名前を呟いた。

「なんだいイエナ!?　さっきから周りの声がやかましいね！　いつもいつも、イエナは周りの視線を集めるから困っちゃうなあ～！」

この一言でイエナの顔がさらに赤くなっていた。まるで沸騰したかのようにプシューと音が聞こえるのは俺だけだろうか。ふはは、俺らはラブラブだぞこの愚民どもが！　一緒に風呂に入ったことがあるし、座薬だって入れてやった仲だ！　頭《ず》が高いぞ、この下郎め！

「そ、そういう言葉は、その、あまり言われると、ご、誤解されてしまうやもしれません……」

「いいよ別に。誤解されて結構。ほら、お腹減ったでしょ？　ご飯食べに行こうよ」

スーパーの近くの飲食店で、二人で適当にご飯を食べることに。ここでもイエナはとびきりの笑顔でカルボナーラを食べて、周りの注目を集めていた。

うむ、美味しそうに食べてくれる女の子って、すごくいい。

初デート（？）にしては、ずいぶんと気の抜けたものになってしまったけれど、帰宅する頃のイエナはおどおどした感じが消え、満足気に背筋を伸ばして歩いていたので安心した。

「神々の街はすごく畏《おそ》れ多かったのですが……ユヅル様がいてくださったので、とても心強かったです」

ああ、周りの人を神様だと思い込んでいたから、おどおどしていたのか。

「あっ、そうだ。もう『様』はつけなくていいよ。俺が周りから変な目で見られちゃうし」

「で、ですが……」

「これからはユヅルって呼び捨てにしてくれて構わないから。ってか命令ってことで」

騎士という職業柄、イエナは俺に命令されると従うしかないのだ。

「わ、わかりました……ユヅル」

「うむ。これからもよろ――――！」

駐車場に戻ってから思い出した。スラ子の存在を。車内に置き去りにしたままじゃないか！

シモムラとスーパーに寄ってからすぐに車に戻る予定だったのだが、イエナと街を回るのが楽しくて、すっかり忘れていた。

「スラ子ぉぉぉぉーーーーーー!!」

「ス、スラ子様!?」

急いで車に戻ると、コポコポと気泡をあげながら小さくなっているスラ子がいた。

夏場ではなくとも、凄まじい日差しで車内はかなりの暑さになっている。

急遽《きゅうきょ》、コンビニで氷を買ってきてイエナにスラ子を冷やしてもらうことに。

一方、俺はスラ子からの怒りの視線をひしひしと感じつつ、安全運転を心がけるのであった。

◇◆◇◆◇

「おいおいおいおい、どうなってんだこりゃ……？」

家から奥多摩の山奥に向けて、謎の金切り声が轟いている。

何事かと家に駆け込むと、我が家の垣根――向ケ丘アサヒがワシャワシャとしていた。

「ワイバーンが捕食されていますね」

なんぞ？　ワァイヴァーン？

ラノベとかでよく目にするその固有名詞は、俺の目の前で枝や葉っぱに絡まっている、この翼が生えたトカゲみたいなモンスターのことだろうか。

「……ワイバーンってこんな弱いの？」

「いえ、第一級指定されるくらい危険なモンスターですね。ドラゴンほどではありませんが、空を自由に飛び回る機動力に強靭な顎《あご》、そして鞭《むち》のようにしなる尻尾。どれも脅威です」

その第一級なんとかの危険なモンスターとやらが、ウチの垣根に呑み込まれようとしているのだけど。そういえば、今日はまだ一日一種類のモンスターが出現していなかったから、買い物に行っている間に湧いたってことか。

「あぶねぇ、アサヒが捕まえてくれなかったら、奥多摩がやばかったかもしれないじゃん」

さすが護り樹の称号を持つドライアドである。奥多摩の危険を未然に防いでくれていた。

「——ギャアアアオオオオ!!」

翼や骨が折れる音とともに、ワイバーンの叫び声が徐々に弱々しくなっていく。

さらに目の前では信じられない光景が。アサヒの根っこが土を退かして、グワッと開いたかと思うと、枝と蔓を使って大きく開いた根元にワイバーンを引きずり込んだ。

バクンバクン！　ガキガキゴリゴリ！　ズブズブ！

かなりグロいので情景描写を避けたい。まあ簡単に言うと、アサヒがワイバーンを食べた。

「さ、さすがは精霊様……」

唖然とした表情で、イエナも目の前の惨劇《さんげき》に口をぽかんと開けていた。

「あっ！　そういや、二十日大根！」

アサヒが捕らえてくれたので家は大丈夫だったけど、畑は荒らされているかもしれん。

「被害は相当なものになっている可能性があります！　急ぎましょう!!」

急いで畑に向かうと、少し潰れた箇所はあったが二十日大根は無事のようだ。その理由を探ると、いつのまにか増殖していたスライム達が、畑一面を覆ってくれていたからだった。

「スライム……よくやった！」

「どうやら畑を守ってくれたみたいですね」

「ぴきぃ～」

二十日大根の畝を覆っていたスライム達は、俺達が近づくと緊張の糸が切れたのか、一斉にプルプルと身体を震わせ始めた。相当、怖かったようだ。

「ワイバーンは炎のブレスを吐く個体がいます。周りが少し焦げているのを見る限り、ここでスライムと争ったあと、アサヒさんに捕まったのでしょう」

イエナが周囲を眺め回して冷静に分析する。だが、そんなことはどうでもいい。今はスライムだ。

「ス、スライム達よ……大丈夫か……？」

「ぴきぃ……」

炎攻撃をまともに受けたのだろうか。ところどころに、蒸発しかけている個体がいる。

ワイバーンとスライムなんて、絶対的な差があるはずだ。それでもスライム達は一丸となって、畑を守ってくれていたのか。

一匹のスライムを手で抱えると、手の中でプルプルと震えて小さく鳴き……液体となった。

「ス、スライムーーーーーーッッッ!!」

俺の声が奥多摩に響いた瞬間、スライム達は次々と液体に変わっていく……って、あ、ちょっと待ってよ。全員が同じタイミングで力尽きないで!!　お前ら力尽きたら、ただの水分になって……畑が水で溢れて、二十日大根が根腐れしちゃう！　だから、もうちょっとだけ頑張って!!

「ぴっぴきぴぃ……」

「スラ子さん？」

頭を抱える俺の横に、やれやれといった感じでスラ子がやってきて、畑の水を吸収してくれた。さらに、取り込んだ水分を使って新たなスライムを生み出し、労働力の補填《ほてん》もしてくれたんだから、俺はもうスラ子さんに頭が上がりません。

「今夜はハンバーグ一個多めで対応させていただきます」

「ぴきぃ」

「あ、いいなあ……ユヅル、私もこの後の作業頑張りますから、増量でお願いします！」

「そのルールがまかり通ると、ワイバーンを倒してくれたアサヒにもハンバーグを増量しないといけないのだが……まあいいか」

今のところ食材はたくさんあるし、俺ができることなんて飯を作るくらいだからな。

ひとまず、みんなで畑の被害確認をすることに。スラ子はスライム達の指揮をとって畑の修復と害虫駆除。イエナと俺は着替えて、畑以外を見て回った。

「こりゃ、早めに手を打たないとなあ」

「そうですね、スライム達とアサヒ様がいてくれたおかげで大事には至りませんでしたが、ワイバーンが出てきたとなると……私もいっそう鍛錬に励まなければなりません」

日増しにモンスターは強くなっている。

この状況をなんとかするためには、こちらが強くなるしかない。

それにしても湧いて出てくるモンスターも、もう少し段階を踏んで強くなってくれればいいのに。

スライム→ゴブリン→オーク→オーガまではまあ、わかる。

ラージスネーク→ワイバーン、ここがおかしい。なんで蛇からいきなり飛ぶんじゃい。

明日にはドラゴンみたいな強キャラが襲来してもおかしくないくらい、一足飛《いっそくと》びに強くなってる気がするんだが。

最悪、チートのような家に逃れてしまえば、安全を確保することはできるかもしれないけれど、一日一匹ずつ討伐しないと、いつかモンスターで溢れかえってしまう。

これはやばい。やばいよ、やばいよ。

とはいえ、俺には農業スキルがある。

その中でも【品種改変】を使えば、こちらの戦力を増やせるかもしれない。

戦力は数だよって、なんかのアニメで言ってたし。

うん、これだな！

精霊化したアサヒみたいな感じで、農作物モンスターをどんどん生み出せばいい。

二十日大根も食用から、いくつか実験用に回してみたりして。

とりあえず、二十日大根が育ちきるまで、何事もなければいいんだけどなあ。

◇◆◇◆◇

日増しにモンスターが強くなるというのは杞憂に終わった。次の日の朝、畑に湧いていたのは数十体のゴブリン。二十日大根の畝を踏み荒らしていやがる。俺の野菜になんたる狼藉《ろうぜき》か、ってことでイエナさんにお願いして駆除していただいた。

モンスターが強くならなくてよかった。もしかして一周してリセットされたのかな？

数だけは多かったので危険度はそれなりに上がっていたが、イエナにとっては準備運動にもならないくらい楽勝だったようだ。

さて、畑に目を向けると、ノーマル↓改良↓マダコンの順で左から順調に芽吹いている。

旨味を増した二十日大根はスライムさん達の奮闘も虚しく、少々、葉に虫がついていた。

まあ、美味しいんだろう。楽しみである。

次にマダコンを引っこ抜いて……なんか一回り大きくなって細長い大根みたいになってた。

ええ……？　普通はピンポン玉サイズでは。

「それにしても……足が生えたみたいな根っこしてんな」

育ちきったら、根っこの部分でぴょこぴょこと動き出しそうである。

「小さな身の内部に濃い魔力を感じますね」
隣で一緒にマダコンを見ていたイエナがそう言うので、鑑定してみることに。

【品種鑑定】
名前：マダコン
種族：魔大根種
年齢：0
発育：萌芽
調子：良好
レベル：15
体力：15／15
魔力：150／150

スキル：なし
▽取得可：火属性耐性、水属性耐性
称号：なし

おかしい……俺より魔力あるんですけど。なにこの野菜。っていうかスキルに取得可って項目が増えていて、そこに火属性耐性、水属性耐性なるものがあるんだが……わからん、わからんぞ、異世界の植物よ。

元々はこっちの世界の二十日大根だが、魔力を付与した結果、異世界の理《ことわり》が適用されてしまった感が否めない。思い当たるのは、火属性がワイバーンで水属性はスライム。もしかして、受けたストレスに応じて耐性を得るのか。

「どれも美味しく実りそうですね！　さすがユヅルの畑」

「お前は結局食べることに話が帰着するんだな」

食い意地の張った残念な金髪美人は置いといて、【次元納屋】から綺麗に洗ったプランターを取り出し、畑の土ごとマダコンを移し替えていく。

「それをいったいどうするんですか？」

「いつも畑まで行って確認するのはちょっと面倒だから、いくつかはすぐにスキルを使えるよう、家に持って帰ろうと思って」

「なるほど……今日、食べるのかと思ってました！」

うーん、さすがにマダコンを食べるつもりはない。

マダコンってば、【品種改良】で耐虫の数値を弄ったりしているわけでもないのに、虫が寄ってこないんだよね。それだけでなく、食べたら呪われそうな形をしていて素直に怖い。

ちなみにプランターに移し替えた畑の土を鑑定してみたら、小さな箱庭なんて称号を獲得していた。まあ、いいや。さて、この家に持って帰ったマダコンをどうするかというと――。

「うりっ、うりっ」

水と火の耐性がついたマダコンを摘《つま》み上げ、むき出しになった根っこ部分にデコピンしてみた。

「痛いか？　痛いのか？　嘘つけ！　気持ちいいんだろう⁉　おいマダコン！　なんとか言えよ！」

「………………ぴきぃ⁉」

「――はっ⁉」

たまたま俺の様子を見にきたスラ子にバッチリ目撃されていた。すっごく困惑している感じが、これでもかってくらい伝わってくる。

「ち、違うんだ！　これは殴打耐性とか衝撃耐性みたいなものが付与されるかどうかの実験をしていただけで、断じて他意はない。本当だ、信じてくれスラ子！」

「ぴきぃ～？　ぴきぃっ！」

スラ子は訝《いぶか》しげな鳴き声を出した後、ピョコンと俺の太ももの上に飛び乗ってきた。

マダコンのことはもうどうでもいいから、とにかく私の相手をしろってことなのだろうか。

「そうだ、スラ子も鑑定してみるか」

【品種鑑定】
名前：スラ子
種族：魔族
年齢：なし

発育：未熟
調子：良好
レベル：137
体力：137／137
魔力：3876／4110

スキル：水魔法、水流操作、消化、吸収、分裂
称号：眷族《けんぞく》の長、スーパースライム

スラ子を鑑定したら、魔族だった。スライムだけど。

「イエナー！　イエナー!!」

俺の理解が到底及ぶものではなかったので、イエナ先生の力を借りることにした。

「ユヅル!!　いったいどうしました!?　……って本当にどうしました？」

「スラ子が魔族で！　スーパースライムで！　チートだった！」

「……申しわけございません。もう少しわかりやすくご説明いただけると……」

いかんいかん。スラ子が向ヶ丘家の誰よりもレベルが高く、さらには魔族でチートだってことに気が動転してしまった。ひっひっふーと呼吸を正すと、とりあえず頭の中を整理する。

「魔族ってなんだ？」

「私の国の定義では、モンスターが進化して人と同程度の知能を獲得した状態のことを指します。はるか昔、魔族による襲撃で滅ぼされた王国もありますので、絶対討伐対象として指定されています。人族の格の基準に照らしてみると、魔族の格は下限が第一級で、特別級、伝説級と上がっていきますね」

スラ子を抱きしめて、ナチュラルに手触りを楽しむイエナが、俺に説明してくれた。

「特別級とか伝説級って、また新しいのが出てきたな。第一級までじゃないの？」

「第一級は一般人の想像を絶するような、とてつもない努力を続けることでやっと到達できるかどうか、というレベルです。その上にあたる特別級は英雄クラスの生まれ持った才覚がなければ、到達不可能な領域とされていますね」

具体的には、イエナの所属していた騎士団の団長が特別級に片足を突っ込んでいるらしい。

「そんだけすごい人が特別級なら、伝説級ってどうなんだ」

「まさに伝説になる方々ですよ。戦闘力という物差しだけで測れない力を持った……それこそ名匠とか賢者のような……ユヅル様もスキルの希少価値に鑑《かんが》みれば、伝説級に足を踏み入れているかと」

「ええ、俺、伝説級なの？」

「スキルの希少価値のみならず、スライムの魔族や樹の精霊を従えるなんて、伝説級以外の何者でもないと思いますよ」

イエナが真顔で断言したので、俺もそうなんだとしか思えない。

「第一級から上しかいないって、魔族はとんでもないんだな。まさかスラ子がそうだとは……」

「スラ子様は以前からスライムを従えていたみたいですし、不思議ではありません。まあ、スライムの魔族なんて私も聞いたことはありませんが……」

イエナも驚いているようだったが、「これが魔族なんですか、プニプニは変わりないんですね」と言いながらスラ子を抱きしめていた。

「あんまり怖くなさそうだな」

「スラ子様ですから。とはいえ、魔族と遭遇するってことは本来なら死を意味しますよ」

確かにオーガを一撃で倒したスラ子ならば、人間を一人殺すくらい造作もないだろう。

でもなんかこう……魔族ってことなら、悪魔っ娘みたいな感じで人化してくれないかな。たとえ強くても、凶悪な感じに仕上がったりしたら、なんかちょっとがっかりするじゃんか。

まあ、このまま成熟して、人化してスライム娘になる望みは捨てないでおこう。発育のとこも未熟とか記載されていたし。今のうちに服を買い揃えておくか。

「スラ子って、実はすごいんだな？」

「ぴきぃ～！」

魔族だったからといって、今までの関係が壊れるわけではない。むしろ心強いよ。

◇◆◇◆◇

えーと、まずはこれを見ていただきたい。

【品種鑑定】
名前：マダコン
種族：魔大根種
年齢：0
発育：未熟
調子：良好、恍惚
レベル：17《
体力：17／17《
魔力：170／170《

スキル：なし
▽取得可：火属性耐性、水属性耐性、衝撃耐性
称号：ドM

デコピンブートキャンプを終わらせたマダコンのステータスだ。ツッコミたいところはたくさんあるが、まあ見ていこう。

魔力を得た植物はちょっとした感情を持つようで、調子や称号の項目にあるものは、デコピントレーニングと言葉責めの効果なんだろう。

そして、プランターに移した畑の土の効果なのかもしれないが、レベルが上がるごとに魔力がえらい伸びている。さすがチート畑。

さらに、このマダコンは芽吹いているので、種化もできるようになっていた。

それでは、種化したものをご覧いただきましょう、こちらです。

【品種鑑定】
名前：マダコン
種族：魔大根種
年齢：なし
発育：未発芽
調子：魔力内包
レベル：0
潜在値：17
体力：17／17
魔力：170／170

スキル：火属性耐性、水属性耐性、衝撃耐性
称号：ドM

このとおり、種化はそれ以前のスキルや称号を受け継ぐようだ。取得可と書かれていた各種耐性はそのままスキルの項目に収まっている。さらに潜在値という項目が追加されていて、種化以前のマダコンのレベルの値がそこに入っている。

とりあえず、魔力付与はしないでおく。

というのも、収穫した作物や種を籠《かご》や袋に入れておけば、その中身全部が一つの付与対象と認識されて全てに魔力を付与できることを発見してしまったからだ。

すなわち、一つ一つの種に魔力を付与していくのはとんでもなく効率が悪いのである。

こんな感じで種化と発芽を繰り返していけば、ものすごい魔力を持った作物ができそうだが、種化はまとめてできなかった。芽吹いた作物をひとつひとつ収穫してスキルを使わなきゃいけないようだ。

それと、所詮《しょせん》は二十日大根。レベルを上げるのがえらい大変。偶然にも、ワイバーンの炎やらスライムの水攻めやらを経験したからこそ、一気にレベルが15まで上がったわけで、普通に育ててレベルを上げるにはかなり時間がかかりそうだ。夜通しデコピンでボコボコにして、やっと2レベル上がったんだし。

まあいいか。お次は、【品種改良】をしてみました。

【品種改良】
指定：マダコン
基本項目▼
旨味：1／17
促進：5／17
耐寒：3／17
耐暑：3／17
耐虫：1／17
追加項目▼
潜在値：17
体力：17
魔力：170
スキル▼
火耐：1／10
水耐：1／10
衝耐：1／10

……俺を何回、困惑させれば気がすむんだ農業スキルめ。

一応言っておくがスキルの使い方がわかる説明書も解説副音声のようなものも存在しない。全て手探り状態で進めている。

表示された【品種改良】の項目を見ていく。

このスキルの利点といえば、ポイントを再配分できること。

レベルが上がったことで、それぞれの値の分母が大きく上昇していた。

さらに大きな変化として、分子に体力、魔力、潜在値を振り分けることが可能に。なので、食べるためだけのマダコンを育てるのならば、魔力を旨味に16ポイント振れば、カンストである。

さらにさらに潜在値のみ、それぞれの分母に振り分けられるという素敵な仕様であった。

「【品種改良】と【品種改変】を組み合わせることで、大きな相乗効果を見込めるなあ」

そう独り言ちながら、マダコンの【品種改良】を進めていく。

【品種改良】前の何もしていない二十日大根の促進の数値が5／5だから、これが一般的な二十日大根の成長ペースとなる。これを17ポイントにすると……恐らく、約三倍の成長速度を誇るマダコンへと生まれ変わるはずだ。

その名の通り、二十日前後で収穫を迎える作物、二十日大根。

これが約一週間弱で収穫できるようになれば、世の中の食糧事情が変わるかもしれん。

「つっても、あの畑以外の土だと魔力付与しても、普通の二十日大根に戻ってしまうからなあ」

今のところ、チート畑の土でないと魔力付与した作物は育たず、勝手に魔力が抜けていくようだった。残念。俺は食糧王にはなれなかった。

それでも改良↓改変↓発芽↓種化のサイクルを回し続けることが重要そうな農業スキルにとって、その周期を短くできるのはかなり大きい。

さて、マダコンの【品種改良】をガッツリとやってみよう。

【品種改良】
指定：マダコン
基本項目▼
旨味：１７／１７
促進：３４／３４
耐寒：１７／１７
耐暑：１７／１７
耐虫：１７／１７
追加項目▼
潜在値：０
体力：１７
魔力：５４
スキル▼

火耐：10／10
水耐：10／10
衝耐：10／10

自重？　なにそれ。潜在値と魔力で促進の値を爆上げし、他の項目も最大まで上げてやったぞ。

これで約七倍の速度で成長する二十日大根として生まれ変わった。種を蒔いてから約三日で食べられる二十日大根とか、なにそれめちゃくちゃ怖い。

なぜ、これほどまでに促進にこだわったのかというと、サイクルを早めることで色々と実験が捗《はかど》るのもそうだが、もう一つ大きな理由がある。

二十日大根に魔力を付与したものなんて所詮は植物だし、戦力にはならんわな。なら、マダコン育てても意味ないじゃんって普通は思うじゃん。

だけど、俺が狙ってんのは、植物のモンスター化ってやつ。

イエナから聞いた話だけど、魔素が濃い環境で成長した植物は、偶発的にモンスター化することがあるらしい。ってことはチート畑で植物に魔力を込めつつ成長させていけば、いつか最強のモンスター植物を誕生させることも夢じゃないのではないかと。さらには、そんなものを作ってしまえば畑の守りは完璧じゃないかと。

適当に選んだ二十日大根ではあるが、安い上に大量生産できるし、農業スキルのサイクルを回し続ける上では本当にグッドチョイスだった。

ちなみに、今日のモンスターは迷い込んだコボルトの群れでした。イエナが一瞬で刈り尽くし、スライム達の養分になっただけなので割愛する。

◇◆◇◆◇

翌日、翌々日と一日一種類出現するモンスターも、そこまで強くなかった。

ホブゴブリンとマーシャルコボルト。

それぞれがゴブリンやコボルトの上位クラスだと、博識なるイエナ大先生が教えてくれた。

「ホブゴブリンはいずれゴブリンを従えて集団を形成しますので、見敵必殺《サーチ・アンド・デストロイ》が鉄則です。騎士団でも冒険者ギルドでも、高額報酬が出るほどです」

ホブゴブリンは人並みに知恵が働くのみならず強《したた》かで欲深いので、異世界のお偉いさん達にそこそこ恐れられているようだった。

「一応、私の方で首を保存しておきます。高額報酬です」

「いやいや捨てちまえ、んなもん」

奥多摩にはホブゴブリンの首を換金してくれる場所なんかない。かといって、床の間に飾られても、夜な夜な化けて出て来そうだから、さっさとスライム処理するに限る。

一方、マーシャルコボルトはコボルトの上位モンスターのようだ。

「獣人のような運動能力を持ち、俊敏《しゅんびん》さを活かした戦闘が得意です。狡猾《こうかつ》さ、残忍さはホブゴブリンに劣りますが、戦闘に対する貪欲《どんよく》さは獣人並みです」

「獣人とは違うのか？」

「コボルトと獣人を一緒くたにすると、獣人が烈火《れっか》の如《ごと》く怒りますので要注意ですよ、ユヅル」

「お、おう」

マーシャルコボルトは旨味と促進に全振りした改良二十日大根ばかり食っていたので、質《たち》が悪かった。せめて、平等に食ってやればいいのに……。

「なぜ魔力を多く含むマダコンを食べないんだ……かわいそうじゃん、マダコンが」

「獣人は魔力嫌いの方が多いですから、普通のラディシェの方が良かったんでしょう」

「ああ、そう」

サラッとマーシャルコボルトと獣人を同じ扱いにしているが、それはいいのか？

とにかく、そんな二日間だったので畑仕事はかなり進展した。


「今日も疲れました。さて、本日の晩御飯は何でしょうか？　お昼のチャーハンというのも食べ飽きませんが、やっぱり夜はガッツリ食べたいものですね」

俺が飯を作っている間に、イエナはお風呂を済ませていたようだった。

「冷蔵庫で涼《すず》むなよ」

「すみません……ところでこのエナジーモンスターとやら、お風呂上がりに飲むとすごく美味しそうなのですが……一本いただけませんでしょうか？」

「絶対ダメだからな」

潤んだ瞳で上目遣いされても、ダメなものはダメだ。

俺はもうこの女騎士には麦茶かオレンジジュースしか与えないと決めている。

「飲むと翌朝の爽快感がすごいんです。明日の開墾作業を頑張りますので……一本だけでも……」

「…………考えておく」

さて、スラ子が盛り付けを手伝ってくれたので、思ったより早く夕食の準備が終わった。

「ありがとうスラ子。えらいえらい」

「ぴきぃ！」

「じゃ、みんなでちゃぶ台に持っていくぞ。アサヒー！　ごはーん！」

そう叫ぶと、ワサワサとキッチンにアサヒの枝が伸びてきた。お皿やコップを器用に運んでくれる。

「わぁ！　美味しそうなお肉ですね！　素晴らしいです！」

イエナは目の前の料理に目を輝かせながら、みんなの麦茶を用意してくれた。

今日の夕食は、レシピサイトを漁って出てきたバラ肉をバームクーヘンみたいにロール状に巻いて焼いたもの。見た目のインパクトからか、受けがとてもよかった。

「それでは手を合わせて」

「いただきます！」

みんなで食卓を囲む。ブラック企業で社畜をやっていた頃は、ただただ孤独だった。

ご飯なんか楽しむ時間もなかった。

イエナ、スラ子、アサヒとワイワイご飯を食べていると、なんだか本当の家族みたいな感じがする。まあ、イエナ以外は人外だけど。

——こんな日が、ずっと続けばいいなあ……。

第四章　畑に変態エルフが湧いたのだが

数日前の話になるけれど、成熟表記になったマダコンができた。

そこで物は試しと種化を使ってみると、一つのマダコンが十個の種に変化した。こいつは嬉しい発見……ってことは、完熟状態まで放置すれば、百個くらい種が取れるかもしれん。

ていうか、発芽してすぐに種化していたのはもったいなかったなあ。

まあ、こうやってトライ・アンド・エラーを繰り返していくしかないね。

◇◆◇◆◇

「ユヅル！　今日も元気に行きますよ！」

「危ないから鉈を振り回すなって」

「大丈夫です、剣の扱いには慣れてますから！」

そんなことを話しながら、イエナとともに畑に向かう。

今までは畑の一角しか利用していなかったが、種化を通じてマダコンを量産したので、畑一面をマダコンが覆っている。随分と畑らしくなってきた。

これもひとえに収穫から種蒔き、そして二十四時間体制で世話をし続けてくれているスライム達の努力の賜物《たまもの》だな。俺の腕の中で眠たそうにしているスラ子を撫でてやる。

「あれ？　俺、こんなの植えてたっけ？」

みんなで畑に辿り着くと、畑の中央に、巨大な蔓をたくさん備えた巨大な植物が鎮座していた。

マダコンがモンスター化したのだろうか？

そう思いながら呆気にとられていると、突如、巨大な蔓が襲いかかってきた。

「ユヅル⁉」

「うおぉっ⁉」

ジャージに胸当てを身につけた開墾スタイルのイエナが、間一髪のところで俺を抱えて跳躍する。

ゴシャッ！　さっきまで俺がいた所に大きな溝ができていた。

畑以外の地面は踏み固められており、そこそこ硬いはずなのに……とんでもない力だ。

「な、なぜドラゴンプラントがこんなところに……」

「ドラゴンプラント？」

そんな会話をしている間にも、蔓による攻撃が次々と飛んでくる。俺は全く対処できないが、イエナに抱えられていたことで何とか助かっていた。情けないけど、仕方ない。

そこにスライム達を従えてスラ子が参戦してきた。

「ぴきぃー！」

「スラ子！」

スラ子が水撒き用のホースから水をチャージして、ドラゴンプラントに水流ビームを射出する。

ドラゴンプラントの巨大な蔓を二、三本切り刻んだが、本体までは届いていない。

「むしろ、水を浴びて元気になってないか!?」

植物相手に水の攻撃をしたところで、あまり意味がないということだろうか?

「スラ子様! ドラゴンプラントは水属性を無効にします! 逆に吸収されかねませんので下がっていてください!」

やっぱりそうか。ドラゴンプラントはその名の通り、蔓の先がドラゴンの顎門《あぎと》のような形になっており、次の瞬間、その部分から火を吐いてきた。

「……って植物なのに火を吐くのかよ!?」

「ユヅル! 火属性も無効です! 相反する二つの属性を無効にする特性を持っているからこそ、植物系モンスターの頂点に君臨すると言われているのです! 逃げてください!」

少し離れた位置に俺を置いて、イエナは剣を携えてドラゴンプラントに切りかかっていった。

「逃げろっつったってよ!」

畑はどうするんだ。このままだとめちゃめちゃになっちまう。

すでにマダコンの大半が潰されてるっていうのに――。

「――うわっ」

「ユヅル!!」

――地面が大きく揺れ、思わず尻餅をついてしまった。

次の瞬間、股間の数センチメートル先から、鋭い根っこが突き出てきた。

「大丈夫ですか！　そ、その、ついてますか⁉」

「ついとるわ！」

くだらんやりとりをしている場合じゃない。ドラゴンプラントが次々と襲いかかってくる。

イエナとスラ子が切っても切っても、驚異的な再生能力と成長能力で尽きることなく蔓が襲ってくる。

「スラ子様！　水を与えてはいけません！」

「ぴきぃっ⁉　ぴきぴきぴきぃっ‼」

攻撃するなってことっ⁉　っていうかあたしが攻撃して気を逸らさないと、あんた達死にそうじゃないのっ‼　と、何故かスラ子が言っているように思えた。

「このドラゴンプラント、水があればあるほど育つのです！　水の都市と言われた王国の水を吸い尽くして滅ぼした、『国落とし』なんて伝説級の存在までいるとされています……それに、根を張っている土壌がユヅルの畑だとすると……その影響は計り知れません……」

もはや絶望の色を隠せないイエナ。ふと、ドラゴンプラントを確認すると——。

「あ、れ……？　あんなに大きかったっけ？」

「本体の成長速度は、ここまで速くはないはずなんですが……」

なんか、一回り大きくなっていた。スラ子の水攻撃が裏目に出ていたのだろうか。

いや……畑だわ。間違いなくチート畑の力だ、これ。なにこの植物、最強じゃん。

「せめて、ユヅルだけでも家にお連れして……!!」

「いや待て！　まだ俺らには力強い味方が……！」

俺の叫び声と同時に、グワッと空を覆うほどの草木が家の方から畑に向かって伸びてきた。

この事態に気づいた向ヶ丘アサヒがドラゴンプラントの蔓を押さえにかかる。

植物ドラゴンVS樹の精霊の大一番が始まろうとしていた。

「ダメです！　アサヒさんより……ドラゴンプラントは格上なんです！　火を使えるんですよ!?」

――アサヒが燃えてる！

「やばい！　スラ子ーーーー!!」

「ぴきぃ～!!」

植物同士の取っ組み合いは、ドラゴンプラントの方が一枚上手《うわて》だった。植物のくせに火を使えて、さらに自分には火が効かないって本当にとんでもないな。

そこで気づいた。

「ん？　植物？」

………………あっ。

「アサヒ様！　ユヅルだけでもお逃しください！」

アサヒやスラ子も、もはや打つ手がない。そんな絶体絶命の状況を悟ったイエナは、なんとか俺だけでも逃がそうと、ドラゴンプラントの蔓を相手に奮戦している。

そんな中、俺は一つのワードを呟いた。

「種化」

気づいてしまったのだ……農業スキルの有用性に。

そう、どんだけ凶悪なモンスターでも、それが植物なら俺には圧倒的な支配力がある。

ドラゴンプラントはとんでもないモンスターではあったが、芽吹いた植物。

俺の種化からは逃れることはできない。

「…………へ？」

猛威を振るっていたドラゴンプラントがパッと目の前から消えたことで、イエナとスラ子、そしてアサヒから、えらく困惑している雰囲気が伝わってきた。

「ははっ、まさに伝説だなこのスキル」

◇◆◇◆◇

ドラゴンプラントは、何とも禍々《まがまが》しい形の種子になった。

深緑色のゴツゴツとしたドラゴンの頭部のようで、とんでもない存在感がある。

なんだろう、小学生の時に河川敷で、すげぇ形の石ころを拾ったみたいな気分だ。

【品種鑑定】
名前：ルーラー
種族：ドラゴンプラント種
年齢：15
発育：未発芽
調子：不明
レベル：0
潜在値：103
体力：2080／2080
魔力：2550／2550
スキル：吸収成長、植物属性、火属性、火属性魔法、火属性無効、水属性無効
称号：竜属、王種

鑑定結果はやはりとんでもないものだった。まず、スキルが強い。アサヒのように【植物魔法】は持っていなかったが【火属性魔法】を使えるとか、植物のくせにどうなのよ。

次にレベルも103で、体力魔力ともに高水準。これが竜属、そして王種と呼ばれる称号を持つ力なのか。

「それにしても畑がめちゃぐちゃになっちまったなあ……」

ドラゴンプラントはひとまず置いておいて、畑の悲惨な状況を確認していく。

まず、中央にはドラゴンプラントの根によって、大きな穴が空いていた。

さらに、打ちつけられた蔓によって、畑の至る所がヘコんでいる。

当然、植えていたマダコンの八割ほどが死滅。さらに、ドラゴンプラントの炎の直撃を受けた樹木は灰と化している。スラ子達が必死に消火活動をしてくれなかったら、今頃、奥多摩は火の海に包まれていただろう。

「開墾作業が楽になったと思えばいいのです。ユヅル、落ち込まないでください」

「うむ……」

呆然と畑を眺めていたら、イエナが俺の手をそっと握りしめ、スラ子も俺の肩まで登ってきて、身を寄せてくれた。

「相手は厄災《やくさい》とすら言われているモンスター。このくらいの被害で済んだ上に、誰一人として死んでいません。まさに奇跡とも言えます。ユヅルの力は素晴らしいです……か、かっこいいです」

「お、おう……ありがとう」

顔を真っ赤にしてそう告げられ、俺まで恥ずかしくなってしまった。

イエナやスラ子に元気づけられ、いつまでも落ち込んでいられないので、復旧作業に取り組むことに。かなり大変ではあったが、みんながいつも以上に頑張ってくれたため、一日で終わらせることができた。

スラ子が率いるスライム軍団は畑周辺を元通りにしてくれたし、木が燃えたことでイエナの開墾作業も想定より早く進んでいるようだった。楽は苦の種、苦は楽の種だな。

「よし……次からは、お前が守護神だ」

俺は畑の一角に、ドラゴンプラントの種子を蒔くことにした。

最凶の相手だったが、味方につければ最強の戦力。

毎日、モンスターが湧くこの状況で、ドラゴンプラントを仲間にできたことは大きい。この先、魔王とか出てくる可能性がゼロとはいえないし、さっさと育てて力になってもらおう。

【品種改良】

指定：ルーザー

基本項目▼

旨味：103／103

促進：206／206

耐寒：103／103

耐暑：103／103

耐虫：103／103

追加項目▼

潜在値：103

体力：2080／2080
魔力：2550／2550

一応、【品種改良】を試してみたのだが、弄る余地がない程度に最強だった。

なんだか、やり甲斐のないゲームをやってる気分だ。

それと、まだまだ未成熟なのか、このドラゴンプラントは種化しても量産できなかった。

【品種改変】でも特に弄るところが見つからなかったので、せめてもの抵抗で名前をもじってルーザー《負け犬》にしておいた。

「アサヒ様は家を守護され、今後はこのドラゴンプラントが畑の守護を司《つかさど》るわけですね？　心強いです」

「名前はルーザーだってさ」

「なるほど、ルーザー様ですね」

草にまで「様」をつけることもないだろうに……っていうか、イエナに一つ言わないと。

「あのさイエナ、その『様』っていうのやめにしようぜ？」

「で、ですが……ユヅルの眷族みたいなものですから……」

「最悪『さん』とかでもいいから。距離を感じるような言い方はよくないよ」

今後、スラ子が人化した場合は必然的にイエナの妹のような位置に収まるだろう。妹に「様」をつけるなんて、教育上よろしくない。だからやめさせたかった。

「す、すみません」

「いちいち、謝らなくていいから」

騎士として育てられたからなのか、イエナは目上の者に対してめちゃくちゃへりくだる。相手を立てるのはいいことだけど、俺としてはそういうのを忘れて、もっと楽しんで人生を送ってほしい。

「わ、わかりました、申しわけないです……あっ」

「こらっ」

「あたっ」

頭に軽くチョップしてから、撫でてあげた。

「そ、そんな畏れ多い……でも悪くないですが……その、あの……」

顔を真っ赤にして撫でられ続けるイエナさんは、まじ可愛い。

恥ずかしさに耐えるようにスラ子を抱きしめている。

話は変わるが、俺はスラ子を雌《めす》として育ててるんだけど、これで実は性別が雄《おす》だったらどうしよう。

スライム系男の娘なんて謎の属性持ちが生まれてきてしまうのだろうか？

まあ、液体生物なわけだから性別とかはどうとでもなるだろうし、このまま俺個人の都合で女の子として育て続けよう。そしてスラ子とイエナには仲の良い女友達、あるいは姉妹としてキャッキャウフフしてほしい。

俺はそんな様子を縁側からぼんやり眺めていたいのだ。

心の底から強く願う。

自分の所有する美しく綺麗な百合《ゆり》を、満足いくまでずっと眺めていたいものだと。

◇◆◇◆◇

「今日も一日ガンバッぞ！」

「はい頑張ります！」

「ぴきぃっ！」

早朝。朝食を済ませた俺達は作業着に着替え、庭先に集合していた。

何をするかというと、ラジオ体操。毎朝テレビでやっているのを見ていたイエナが、健康に良いならやるべきだと言い出したことがきっかけである。

畑仕事の準備運動にちょうどいいかなと、彼女の提案に乗ってやることにした。

スラ子は意外とお寝坊さんなので面倒臭そうにしていたが、イエナが「みんなでやらないとラジオ体操じゃないです」と泣くほどゴネたため渋々参加している。

——ワッシャワッシャワッシャワッシャ!!

「アサヒさんも朝から元気いっぱいですね！」

後ろで枝を大きく揺らす向ヶ丘アサヒさん。うーん、小さい虫がこっちに飛んでくるんでやめてほしい。というか、垣根がワサワサとラジオ体操する絵なんて想像できないし、したくない。

「さすがにアサヒはしなくてもいいんじゃないかな……？」

——!?

「ぴきぃ～！」

「あーあー、ユヅル、アサヒさんを泣かしました。謝ってください」

「え、泣いてるの？　ま、まじで？」

っていうか、なんで俺以外、意思疎通できてんの？

「ごめんごめん。また漢方薬とエナジードリンクあげるから元気出せよ」

——!!　ワサワサワサワサ!!

言葉を発することはできないが、枝や葉っぱを揺らして嬉しさを表現するアサヒだった。

「ええ……羨ましいです……」

「イエナにはカフェイン飲料の類は本当に飲まさん。おとなしく、オレンジジュースと麦茶を飲んでろ」

イエナが指を咥えて物欲しそうな顔をするのでそう告げると、足元に縋《すが》りついてきた。

「あんまりです！　あんまりですユヅル！」

こいつ、徹夜明けなのにめちゃくちゃ元気だな。

昨晩のことになるが、コーヒーを飲みつつ色々と調べ物をしていた際に、イエナが自分もそれを飲みたいと言いだした。

拒否しておけばよかったのだが、最近は開墾作業を頑張っていたから、お礼も兼ねてコーヒーを淹《い》れてあげたところ……。

「何でしょう⁉　この苦い飲み物！　力が湧いてきます！　頭が冴えて集中力が増していくようです！　ふわわわあああああ〜〜‼」

と叫び出して、夜中に雄叫びをあげながら山を走り回った後、庭先で朝まで素振りをやっていた。

寝る時間が遅かったのもあるけど、イエナの素振りをするかけ声で俺は寝不足。

正直、今はスラ子の気持ちがわかる。あんだけ夜中に動いた上にラジオ体操を強制するとか、どんだけっスかイエナさん。

こいつにカフェインを与えたら百パーセントの確率で面倒なことが起こるので、全面禁止とすることにした。異世界人にカフェインは禁物である。昨夜はラッキースケベじゃない分、本当にイライラしてしまった。

「レベルが上がったんです！　全てのステータスが軒並《のきな》み上昇するほど鍛錬に集中できる、そんなとんでもない効果を秘めてるんです！　とんでもないんです‼」

「朝からうるさぁ……」

「ユヅルーーーー‼　鍛錬したいっ！　鍛錬したいっ‼」

まだカフェインが残ってるだろ、こいつ。ああ……まだ寝足りない。だが今日も朝から畑を耕さなくてはならない。

「あ、もう始まりますよ、ラジオ体操！　はい、いっちにーさんっし！　ふわあああ楽しい！」

もはやキャラが崩壊している。騒がしいのは嫌いじゃないけど、なんか思っていたのと違うと感じた朝でした。

「今日は朝からなんなんだ……もうわっけわかんねぇよ、なんだあいつ？」

クソうるさいラジオ体操の後、みんなで畑に行ってみると、芽吹いたドラゴンプラントが、スライム達に包まれた得体の知れない何かを蔓でペシペシと叩いて確かめていた。

まあ、ドラゴンプラントとスライム達が畑に湧いた何かを処理してくれているんだろうってのは、わかる。わっけわかんないのは、そんな畑の守護者達すら困惑している事態だからだ。

「もうダメね。私はこれからめちゃくちゃにされるのよ。なぜか、こんなところにいるドラゴンプラントの触手と、なぜか共生しているヌルヌルのスライム達に……」

……なんだろう、あれ。なんか呟き（？）みたいなのも聞こえてくるし。

「いいわよ……かかって来なさい。私が最期の最期まで相手をしてあげるから。生まれてきて百余年、イメージトレーニングだけは欠かさなかったのよ？　ええ、初めてで最後の相手が触手とスライムっていうのはなかなか刺激的ね……！」

スライム達をどかして見てみる。ボロボロの白衣を身に纏う、栗色の長い髪の女が畑に大の字で寝そべって、モンスターを挑発している……だと？

……変態だー！！　大変だ！　変態だ！　大変な変態が迷い込んできたぞ!?

「あら、襲ってこないの？　ならこっちから攻めてもいいのかしら!?」

ウチの子達にはモンスター以外は襲うなと言いつけてある。

なので、あの変態がいくら待とうと襲われることはない。

それに、みんなある程度は言葉も理解できるので、変態の発言にすごく困惑しているようだった。っていうか恐らくだけど、スライム達はこの変態のあまりの汚さを見かねて綺麗にしようとしただけなんだろう。

「ってやばい！　このままだと、むしろスライム達が危ない！」

「ぁぁっ!!　い、いきなり襲ってくるなんて!?　こ、これがスライムの恐ろしさ……ってやつかしら？　私は初めてだからよくわかんないんだけど、スライムに包まれる心地よさを自然と求めてしまう!?　って、また溶かされる!?　心も体も洗われていく……ぁ、ふぁぁ～……」

こ、こいつ、まじか。えらくとんでもないキャラクターが異世界から迷い込んできたもんだ。軽く戦慄《せんりつ》するレベル。

そんな変態をスライム達が畑から運び出しつつ、汚れを吸収・浄化し、綺麗にしていく。汚れを取り払ってしまえば、栗色の髪の毛、緑色の瞳が陽の光を浴びて美しく輝き、イエナとはまた違った美人……美人……？

「ぁぁぁっ！　なにこのスライム！　優しく撫でられるような感覚、癖になりそうウッ！」

とんでもねぇ、綺麗な緑色の瞳をしていると思っていたが、近くで見たらすげー濁《にご》っていた。

ジト目な分、さらに拍車がかかっている。

「……強烈な性格のエルフですね」

昨日の夜からテンションマックスだったイエナですら、クールダウンどころか、一気にテンションだだ下がりだ。

「ってエルフ⁉　嘘だろ、嘘だと言ってくれよ、イエナ！」

「いきなり頭を抱えて……どうしたんですか⁉　耳が長くてとんがっているのが証拠ですよ？」

ちくしょうめ！　俺の夢を返してくれ！　エルフってもっとこうさ、お淑《しと》やかで上品っていうか、不思議な魅力を持った美男美女ってイメージなんだが、みなさん‼　本物のエルフは単なる変態でしたよ！

本気で悔しかったので、膝から崩れ落ちて地面を殴りつつ涙を流していると、ちょうど視線の先に濁った緑色の瞳があった。

「…………あっ」

エルフが固まった。そしてようやく周りの視線に気づく。

「────いやあああ！　初めてが人前だなんて！　神様‼　今すぐ私の記憶を消して！　もういっそのこと殺してええええええ‼」

◇◆◇◆◇

どこからどう見ても、変態としか思えないエルフの女。名前はメイリア＝ハイグレース。

自己紹介によれば、第一級狩猟エリアにモンスターを調査するために訪れていた研究者だという。

年齢は、さらっとしか教えてくれなかったが、百歳を超えているようだ。

「とんでもない女だな」

「そうですね、国内でも変わり者として有名でしたから」

「し、知っていたのか、イエナ！」

「最初はわかりませんでしたけど、栗色の髪の毛で緑色の瞳を持つエルフはそう多くありませんし、なにより、伝え聞いている言動がメイリア＝ハイグレースさんと完全に一致しています」

「異世界でもあんな調子だったのか……とんでもないエルフがやってきたもんだ」

「普段は礼儀正しいというか……普通なんですが。一度、タガが外れるとあんな感じになるようですね」

「へ、へぇ……」

そんな変わり者のメイリアには、お風呂に入ってもらっていた。

スライムと水道水だけじゃあリラックスもできないだろうし。

イエナと一緒に替えの服を脱衣所に運んでいると、風呂場から悲鳴が聞こえてきた。

「キャアアアアアアア‼」

「――大丈夫か⁉」

「――大丈夫ですか⁉」

慌てて風呂場に駆け込むと、全裸のエルフが風呂場の片隅で風呂桶を頭に被って蹲っていた。風呂場に目を移すと、全開にされたシャワーが勢いよくのたうち回っている。

「冷たっ！」

「水属性の蛇が！　私を執拗《しつよう》に襲ってくる！」

「んなわけないだろ！」

こいつ、蛇口とシャワーの切り替えレバーを触ったな。

ちなみに、イエナにもシャワーの使い方は教えていない。毎日、風呂にお湯を張っていたし、面倒だから。

「まさかっ！　魔素を吸ってモンスター化したというのですか⁉」

「待て待て待て、シャワー相手に剣を抜くな」

なんで異世界人は、現代機器を見るとアーティファクトか新手のモンスターの二択でしか受け取らないのだろうか。剣を抜いたイエナと怯えるメイリアを落ち着かせる。

「……はぁ、このレバー触っただろ」

「え？　うん、なんだろうと思って。まあ罠だったんだけど」

「え？　さすがですユヅル。家の中にまで罠を仕込むなんて」

「んなわけあるか」

確かに、水を出す時に蛇口がシャワーに変えられているというイタズラはよくあるが、レバーで切り替えられるのは仕様であって罠ではない。

「このレバーを左に向ければ、お湯が出る。適温になるまで少し時間がかかるけどな」

ふむふむ、と使い方のレクチャーを受ける二人の異世界人。

「そんで、ちょうどいい温度になったら、シャワーマークのついてる方向にレバーを向ける」

「ああ、なるほど、だからこの絵とシャワーとやらの形が似ていたわけね？」

「あのあの、ユヅル……もしかして、トイレについている記号も似たようなものですか？」

ウォシュレットのことだろうか。

「あれは……罠だ」

みんなも注意するべきだ。共用のトイレでウォシュレットがついている場合。まず先に、水流の強さを確認しろ。俺は何度も不思議な世界に逝《い》きかけた。

「罠なんですか⁉　お、押さなくてよかったです！」

「なんなのよこの家、不思議な造りで興味深いわねぇ」

メイリアは全裸であることもすっかり忘れて、シャワーや風呂の温度を調節する機械の画面に夢中になっていた。

ここで変な空気を醸し出した瞬間、風呂場はラッキースケベ空間と化して、確実に俺が痛い思いをするだろう。

なので、さも心配して駆けつけたような雰囲気のままで、さりげなく風呂場を後にすることにした。

完璧な作戦だ。そしてごちそうさまでした。

「へぇ～、このボタンは押してもいいのかしら？」

「はわわ！　メイリアさん！　それも罠かもしれませんよ⁉」

それぞれの反応を見せる二人。

イエナはビビって近づかず、メイリアは物怖じせずに興味津々になるタイプ。

見ていて面白かったが、状況的に色々とややこしくなりそうなので、さっさと退散しなければ。

「お湯はしっかり止めといて。あと身体を洗うやつが黄色のボトルで、頭を洗うやつがオレンジのボトルな」

「わかったわ、このいい香りがするドロドロの液体で洗えばいいのね？」

そんな言葉を交わして、俺とイエナは風呂場を後にした。

こう言っちゃなんだが、俺の童貞レベルがやばい。何がやばいかっていうと、女性の全裸を見る機会なんてブラック企業にいた三年間では皆無だったのに、奥多摩に来てから既に三回。だがしかし——全く進展する気配はないし、俺から手を出す勇気もない。このままだと、終身名誉童貞待ったなしだ。

「あ、あの……ユヅル？」

「ん？　なんだ？」

モジモジしながらイエナが俺に尋ねる。

「頭を洗うときに、たまに間違えて黄色の容器の方を使っていたんですが……大丈夫でしょうか？」

……正真正銘のビビリかこいつ。勇敢な騎士団に所属していたんじゃないのか。

「えっ!?」

「ツッツ!?　だ、だめですか!?」

試しに驚いたフリをしてみたら、泣きそうな顔になっていた。本気で泣きそうだったので、髪がゴワゴワになるだけだよと言って頭を撫でてあげる。

「本当にもう、ユヅルは」

そう言ってイエナは俺の手を握りしめてきた。正直、ド直球なエロとかより、こういう一つ一つの仕草が可愛い方がグッとくる。

こんな俺って異端ですか？　それともおっさんですか？

――いいえ、終身名誉童貞です。

◇◆◇◆◇

「生きていたのね、イエナ＝フロント」

夕食も終わり、テレビ番組をBGMにしながら俺とイエナ、そしてメイリアの三人で話し合うことに。ちなみに、スラ子は『色んな動物を飼ってみよう』という番組が好きらしく、食い入るようにテレビを見つめている。

「私のことを知っていたのですか？」

イエナの質問にメイリアが頷く。

「あの、飛ぶ鳥を落とす勢いだったフロント家の息女が戻ってこない。そりゃあ、王国でも大きな話題になっていたわよ」

「そうなんですか……」

メイリアからもたらされた異世界の情報に、イエナはどことなく懐かしそうな表情と雰囲気になると、お気に入りのマグカップに入ったオレンジジュースを一口飲んだ。

ごめん、正直言っていい？　萌えキャラのイラストが描かれたコップを持ちながら、しみじみとされても台無しだ。

「これ、美味しいわね。冷たくて、甘酸っぱくて。それにこの器も透明で綺麗……初めて見たわ」

来客用に百均で買ってきたガラス製のコップに興味を示すメイリア。どうやら異世界には、ガラス製のコップは無いらしい。

「ここは神の国です。私は毒によって死にかけたところを助けてくれたユヅルに報恩《ほうおん》するため、ユヅルの騎士となり暮らしています」

「神の国……なるほど、私は死んでしまった……のかしら」

メイリアはそう呟きつつ顔を伏せた。それを受けて、イエナも少しだけ寂しそうな表情に。

よし、スラ子。そろそろテレビの時間はおしまいにしてくれ、雰囲気に合ってないから。

「ぴきぃぴきぃ！」

テレビのリモコンを取り上げようとしたら手を叩かれた。こいつ、立派なテレビっ子になっている。

「厳密に言えば、まだ死んだわけではないみたいです」

「そうなの？」

疑問を浮かべるメイリアに、イエナはこれまでの経緯を簡単に伝えていった。

「……なるほどね。帰る方法はあるのかしら？」

「それは……わかりません」

「そう……なの……」

俺もイエナもこれまで話題に出さなかった、異世界に戻るという選択肢。

現状は、異世界から奥多摩への一方通行。

逆にこちらから異世界に出向く方法なんざ、全くもってわからない。

俺としてはモンスターが恐ろしいので、向こうの世界に行く必要はないと思っているけど。

というよりも、はっきり言えばイエナにはこのまま奥多摩にずっといて欲しい。

だが、住むべき世界が違うってのも理解している。

スラ子とイエナは、異世界の住人……アサヒはうちの垣根だったけど。

対して俺は日本の住人だし、いつまでもニートをしているわけにもいかない。

現実は小説の世界みたいに、生活をうやむやにはできないからな。

「まあいいわ、私もここに住まわせてね？　よろしく、豊穣の神様？」

「は？　え？　まあ、別にいいけど」

あっけらかんとしたメイリアの様子に、少し拍子《ひょうし》抜けしてしまった。

「ふふ、賑やかになりますね」

俺の隣に座るイエナも笑みを浮かべている。

……俺の考えすぎだったかな。まあ、仕事を探さないといけないのは間違いなく今後の課題ではあるけど、今は目の前で起きていることを楽しむか。

それに……なんかいい感じの雰囲気になってるところで、辛気臭いことを考えるのは無粋だね！

「……よし！　今日はアイスを食べようっ！」

「え⁉　やったー！　嬉しいです！」

両手を上げて喜ぶイエナに、スラ子も便乗して飛び跳ねていた。

「ぴきぃぴきぃ！」

「スラ子は言うことを聞かなかったので、今日はお預けです」

「ぴきぃ……っっ‼」

リモコン合戦で手を叩かれたささやかな恨みを返してやる。スラ子は激しく飛び跳ね、抗議の鳴き声を上げていた。

「アイスって何かしら？　神の国の食べ物なの？」

「メイリアさん、アイスとは諸行無常《しょぎょうむじょう》にして儚《はかな》き一瞬の至宝《しほう》と同義です！」

「そんなに大層なもんじゃねーよ！」

異世界人はつくづくこの世界の食べ物に目がない。一本７０円のアイスが至宝か……。

さて、アイスを食べた後は、モンスターの研究者として有名なエルフ、メイリアに山ほど聞きたいことがあったりする。

彼女の研究テーマは『魔素溜まりにおけるモンスターの発生要因について』というものらしい。

ってことは、植物がモンスター化する要因や条件についても色々と知っているかもしれない。

そうなれば接待よ、接待。異世界人の接待は俺に任せておけ。

この日本でやったことあるのは俺くらいだろうし。

異世界人にはハンバーグ。

異世界人には生姜焼き。

異世界人にはチャーハン。

異世界人にはアイス。


……俺の交渉ラインナップを振り返ってみると、思ったより餌で釣っていた。

◇◆◇◆◇

メイリアの研究はつまるところ、なんで魔素のあるところにモンスターが出てくるんじゃい、というもの。

植物に魔力を付与して弄くり回せる俺との相性は、ばっちりだ。

実際、メイリアはパソコン部屋に置かれたプランターを見て感心していた。

「えっと……このマダコンって植物は、貴方が魔力を付与したのよね？」

「そうだよ、農業スキルで」

「さすが、始原のスキルね。なんでもありじゃないの。錬金や鍛冶なんかより、よっぽど可能性がありそうね」

農業スキルに対するメイリアの認識はイエナと同じだった。

メイリアによれば、異世界のスキルは大まかに武芸カテゴリーと産業カテゴリーに分けることができるそうな。そんで産業カテゴリーの中でも農業・林業・漁業などの自然を扱うスキルは、とんでもない可能性があると語り継がれているようだ。

「もしかして、接客とか商才、あるいは経理みたいなスキルもあったりする？」

「さすがは神ね。全てお見通しってこと？　そういった職術スキル持ちは、超有能な人的資源だと認知されているの。例えば……私の研究スキルもそう」

「なんと、メイリアさんは研究スキルをお持ちでしたか！」

メイリアのスキル名を聞いたイエナが驚きの声をあげていた。


――ちょっとごちゃごちゃしてきたので、簡単に整理しておこう。

産業カテゴリー内には一次から三次産業に関係するスキルがあり、農業などの一次産業は伝説枠みたいな感じで、存在することくらいしかわかっていないとか。そんで二次産業、三次産業にカテゴライズされるものは、職術スキルと呼ばれているんだってさ。

また、メイリアの有している研究であったり、演算、計算、その他学問に精通するスキルのことを学術スキルと呼ぶそうだ。さらに学術スキルは鑑定、解析、測定、そして分析とさらに細かく分かれていく、と。うーん、よくわからんね。

「なんかいっぱいありすぎて混乱してきた」

「まあ、基本的に始原のスキル持ちはあんまりいないってことと、産業カテゴリーは職術スキルと学術スキルに分かれているってことだけでＯＫよ」

「ですね」

異世界では、身分が一定以上ある層は教養の一環でスキルの種類や効能を学ぶらしいが、研究職のメイリアであっても実際に目にしたことのあるレアなスキルはかなり少ないらしい。

「それで、研究ってのは端的に言えばどういうスキルなんだ？」

「鑑定、解析、測定、そして分析の全てを合わせたスキルよ」

「え？　全部？」

このエルフ、チート確定。

「まあ、それなりに使用条件が厳しかったりする器用貧乏なスキルなんだけど」

メイリアはトライ・アンド・エラーの繰り返しで、物事を少しずつ解き明かしていくだけのスキルと自嘲《じちょう》気味に言っているが、神の世界はそういった小さな発見で少しずつ発展していったのだぞ。

だからこそ……話を聞いていて疑問が浮かぶ。

なぜ、彼女達の世界は、ちょっと便利に発展した中世ヨーロッパ程度のもんなのかと。

世界に変革をもたらすスキル持ちが、稀《まれ》に生まれてくる世界。スキルの力でものすごい発展が起きていても、不思議ではないのだが。異世界は中世ヨーロッパ風でなければいけないという決まりでもあるのか？

「なあ、ちょっと聞きたいんだけど、自動で動く馬車とか自動でものを作る道具とかはある？」

「ないわね」

俺の質問にメイリアは即答した。イエナが苦笑いを浮かべながら補足してくれる。

「例えば、馬車は御者《ぎょしゃ》スキルを持った方が高速で動かしてくれてますし、そもそも剣や道具は職人が魂を込めて一つ一つ作っています。自動で簡単に移動したり作れたりするものなんてありません」

「あ、そうなんだ。ふむ……なんか納得いったわ」

異世界ではスキルが全てなんだろう。作業を簡略化するという考え方がそもそもないのかもしれない。さらに言えば、努力しなくてもスキルに適した職に就ける、ないし就かされるってことか。

あ〜スキルがあるから楽チンだわ〜、俺は騎士になりたかったけど経理スキルあるから商人になるわ〜ってな感じで、思考がストップしている可能性すらありそうだ。

ふと思ったけど、今のブラック企業が求めているような即戦力ってのは、異世界のスキル持ちのことかもしれないな。余計な野心を持たず、ただひたすらスキルの範囲でできることを毎日こなして会社に貢献する。まさに奴隷、歯車じゃん……。そう考えると身震いしてしまった。

農業スキルみたいな、何かを生み出すスキルが世界を変えるってのが、よく理解できてきたぞ。

それにしても、色々と聞いていて思ったが、メイリアは、研究を重ねて発展してきた日本——俺達の世界における最高級の人材なんじゃなかろうか。

「メイリアは、貴重な人材なんだなあ」

「え、なに？　なんでいきなりそういうことを言うの？　口説いてるの？」

「んなわけあるか」

「まあ、研究スキルを使ってそれなりに頑張ってきたんだけど、こっちの世界に来て道半ばで終わっちゃったわね。それだけが唯一の心残りかしら」

フルサイズまで育ったマダコンの葉っぱを指でピンと弾きながら、メイリアはふぅと息を吐いた。

「だったら俺と野菜の研究する？　一応、研究対象も似てるだろうし……そんなにつまらない顔すんなって、なあ？」

「え……ぁ……」

普通に研究を手伝ってもらうつもりで言っただけなのだが、俺の思惑《おもわく》に反して彼女の顔はカーッと赤くなり、濁っていた瞳もすっごく綺麗になっていた。

こいつも免疫ゼロなのか、ずるいぞ。可愛い。

「プロ――」

「プロポーズじゃないから。違うから」

「ふふ、わかってるわよ。ありがと、ユヅル。その……貴方ってすっごく優しいのね」

そう冗談めかして笑っているメイリア。だが、顔を真っ赤にしつつ栗色の髪の毛をイジイジしているので、照れ隠しだということがバレバレなのであった。

突拍子のない言動さえなければ、スレンダー美人だし、理想的なエルフだよな。彼女の照れる顔

働かざる

を見てそう強く思った。

少しの休憩を挟んでから、俺とイエナはメイリアに再び質問をぶつけていた。

「そういえば、メイリアさんはどのような目的で第一級狩猟エリアに入ったんですか？」

イエナがメイリアに尋ねる。

俺もそこは気になるところだった。あんなんだったけど、死にかけていたんだし。

「ああ……魔人の目撃報告があって騎士団で討伐することになったのよ。さらに、可能な限り捕獲し、研究材料にせよってお達しがあってね」

思ったより物騒だな、おい。

「それって……私が追っていた犯罪者と関係あるんでしょうか？」

「う～ん……貴方達、捜索隊が追っていた犯罪者は魔人化したって報告があったので、もしかすると、私達が追っていた魔人と同一人物だったのかもね。ただ、犯罪者の捜索自体は打ち切り状態になっていたはずよ」

こんな感じの真面目な会話が繰り広げられているのだが、会場は寝室である。

それぞれが寝間着姿で布団を寄せて、まるで修学旅行の消灯前後に秘密のお話をするみたいな感じになっているため、緊張感がまるでない。

イエナの寝間着は色気のないスウェット。どうやらノーブラの癖が抜けないようで、生々しいエロさを感じる。俺がイエナに買ってあげたハートのフリフリパジャマはメイリアが着ることになった。ちなみに、メイリアはイエナよりもかなり身長が低い。そのため、少しダボついてしまっているが、これはこれで有りってことに気づいた。

「それにしても、この畳ってものと寝具の組み合わせは素晴らしいわね。研究で長距離移動がある時に持って行きたいくらいよ」

「そうかそうか。うん、それ聞いたの二回目だわ」

「なによ、もう」

「私も革新的だと思いましたよ。もうこれなしでは眠れないほどですね！」

むすっとするメイリアに、イエナがニコニコ笑いながら言う。

「……考えることはみんな同じなのね」

布団の魔の手に陥落した異世界人二人だった。

話を戻そう。

どうやらメイリアが追っていた魔人が、イエナが捜索していた犯罪者の可能性があるようだ。

メイリア曰く、その魔人はフラフラと第一級狩猟エリアを彷徨っていたとのこと。

弱々しいその姿から下位の魔人かと思いきや、出会った冒険者や騎士隊に壊滅的な被害を与えるほどの強さだったらしい。

「っていうか、そもそも魔人とは？」

「魔族に堕《お》ちた人間のことよ。人間の屍を放置しておくと魔素を取り込んでアンデッドになって、最悪の場合は魔人になるの」

異世界では命を失った人間をしっかり火葬しないと、アンデッドとして蘇《よみがえ》ってしまうようだ。映画の世界でよくある死体のゾンビ化が、異世界では普通の出来事なんだと。とんでもねぇな異世界。

「ああ、思い出します。以前、騎士隊を救出に向かった際に、その隊員全てがアンデッドと化して襲いかかってきた時はすごく辛かったです」

「はぐれ研究者が不慮《ふりょ》の事故で死んで、そのままアンデッド化するのなんて、全く珍しくないのよ。研究者の多くが魔素溜まりで研究していたりするから」

「そ、そうなのか……」

「まあ、アンデッドは基本的に意思を持たずに、ただフラフラと動き回るだけ。人を見かければ噛みつこうとするだけの存在よ。弱点である頭を潰《つぶ》すか首を刎《は》ねてしまえば、簡単に無力化できるわね」

魔素溜まりとモンスターの発生を研究していたメイリアは、いわばアンデッドのスペシャリスト。すらすらと自分の知見を述べていく。

「そして、現世への強い未練と魔力を宿したままのアンデッドってのが極稀《ごくまれ》にいるの。そういった奴らが魔人に変じる現象が魔族堕ちと言われているわ」

「死霊騎士《デスナイト》や死霊王《ワイト》のことですね」

イエナが頷きながら、言葉を継いだ。

「そいつらは指折りの魔術使いや騎士が魔族堕ちした時に生まれるわね。犯罪者程度だったら、普通は屍鬼《グール》みたいな低級のアンデッドになるはずなんだけど……。まあ、他にも原因はあるものの、とりあえず、魔人が自然発生するとしたらこんなところね」

「私が追っていた犯罪者は第一級狩猟エリアに単身で逃げ込み、生き残れるほどの実力を備えていましたので、凶悪な魔人となっていてもおかしくありません」

メイリアの話を聞いたイエナが心配そうにしている。

「うーん、どうかしら。そこそこの被害が出たことで騎士団長とか近衛団長が動きそうだから、心配いらないんじゃない？」

「ああ！　英雄クラスのお二方が動くのであれば、いくら魔人であろうとも太刀打ちできませんね！　ありがとうございます！　メイリアさん!!」

会話も一段落ついたところで、メイリアが話題を変えた。

「イエナ、そのメイリア『さん』ってやめてもらえるかしら？」

「え？　な、なぜですか？　メイリアさんはエルフの知識を人族に伝え、種族間の垣根を取り払ったほどのお方ではありませんか」

すらすらとメイリアを讃《たた》えるイエナの言葉。育ちの良さが垣間見えるのはすごくいいことだが、恐らく、メイリアの指摘は俺が思っていたことと同じだろう。

「ほら、一緒に住むわけだし……その、お互いに気をつかったり遠慮したりしたくないなあって」

イエナの言葉にメイリアは指先をモジモジさせながら言い返す。

なにこのエルフ、可愛い。

可愛いので助け舟を出してやろう。イエナはこれで頑固な一面もあるからな。

「そうだな、これから一緒に暮らしていくんだし、もっとフランクに呼び合おう」

「ゆ、ユヅルがそう言うならば……頑張ります。その……メイリア」

「イエナ！　うふふ、こうやって名前で呼び合うのって正直初めてだったんだけど、すっごく心地がいいのね。これからもよろしくね、イエナ！」

「はい、メイリアもよろしくお願いします！」

うむ、絆が深まったようで何より。

こうして、俺達は川の字になって眠りについた。

俺が真ん中だ。俺の布団にはスラ子が潜《もぐ》り込み、心地よさそうにプルプルしていた。

◇◆◇◆◇

「今日も元気にがんばっぞ！」

「テレビとやらの中の人も頑張りましょうと言ってました！　頑張ります！」

「テレビっていうのは面白いものね。あれはどうやってできているのかしら？」

「ぴきぃ～！」

ラジオ体操もそこそこに、スラ子とイエナ、そしてメイリアを引き連れて畑へと向かう。

スラ子は相変わらずスライムを従えて畑仕事をこなしてくれている。身体の一部を変形させられるスライム達なら普通に道具を使わなくても耕せると思うのだが、なぜか鍬を使ったり、耕運機を動かしたりしていた。

イエナはスライムができない伐採や開墾作業をしている。

おかげで、納屋の横に作られた生木を乾燥させるスペースには、大量の薪予備軍が積み上げられている。

「もう少しあれば、四人で冬が越せますね！」

「ここで生活する分には薪はいらねぇかな……」

いかんな、気をつけなければ。このままどんどん薪が生産され続けると、毎日キャンプファイヤーをしなければならない。

「それにしても、少し暑くないかしら？」

メイリアはイエナのジャージを身につけてタオルを首に巻き、麦わら帽子を被っていた。エルフは強い日差しにそこまで強くないそうだ。

「天気予報によれば、今日は真夏並みの暑さらしいぞ。みんな、水分はこまめにとっておけよ」

ここのところ、奥多摩はすこぶる天気がよく日差しが強い。

「このマホウビンていうのもすごいわね。氷を生み出し続けているのかしら？　上位亜属性である氷属性の永久利用なんか、錬金スキルを持った天才でも未だ成し遂げてないのに」

「まあ、神の国だから……うん」

日本の生活環境に驚く異世界人に適当なことを言うのは、もはや日常になっていた。

例えば、テレビの天気予報を見たイエナは「この方々は徳を積み重ねた司祭様でしょうか？」と質問をぶつけてきた。

異世界での天気を予測するという行為は、神の啓示に等しいものらしい。さらに、そういう司祭の仕事が異世界にはあるんだとさ。

「はーい、今日のモンスターはなんですかー？」

呑気《のんき》な調子で呟いたら、巨大な二足歩行の豚が湧いていた。

豚が二足歩行というよりは、お相撲さんの頭を豚にすげ替えたというべきか。よく見たら、頭に王冠が乗っている。

「あ……ぁ……あれは……」

「あれはオークキングね」

恐れおののくイエナ。一方、メイリアは興味深そうにモンスターを見つめている。

「確か……ゴブリンは王種に至ると、ありえないくらい股間のブツがでかくなるのよ。やっぱりオークキングもそうなのかしら？」

この状況で何を言ってんだこいつは……？　って、股間を凝視してんじゃねーよ。

「イエナ、勝てるの……か？　お、おいイエナどうした」

イエナの方を向くと、腰が抜けたように座り込んで震えていた。代わりにメイリアが応じる。

「無理ね。王種は普通の魔物とは根本的に違うのよ。特に、アレは根源的な女性の敵。その姿と魔力だけで大抵の女性は自由が奪われてしまうわ」

「……マジか」

豚鼻をクンクン動かして、俺らの存在を感じ取ったオークキングが振り返った。

凶悪な笑みを浮かべて、ゆったりと一歩一歩、こちらに迫ってくる。

「やだ、見つめられてるわね……」

「き、気持ち悪いです……」

その視線はイエナとメイリア一直線。そして荒い鼻息とともに何やら呟いている。

――餌を見つけた、男は殺せ、女は攫《さら》え。

「なんだありゃ……盛《さか》ってんのか？」

「昔からゴブリンとオークはオスしか存在しないから、他の種族のメスを攫って繁殖してきたの。なので、ずっと忌《い》み嫌われてきた」

ああ、よくある異世界ラノベとかと同じなんだな。しかしまあ、不愉快極まりない話だ。

「で、どうするの？　イエナは無理よ。スラ子ちゃんならなんとかできるかもしれないけど……」

「わ、私は足が竦んでしまって……すいません」

「女の天敵の王種。見ただけで足が竦むのは本能みたいなものよ」

キツそうに呼吸しながら謝るイエナの頭を、メイリアが撫でる。

「それにしてはメイリア、お前は平気そうだな」

そう告げると、メイリアはクスクスと笑っていた。

「経験が違うわよ。私はエルフ。貴方達の五倍以上の月日を重ねているわ」

だが、処女なんだよなこいつ。あくまで本人談だけど。

メイリア城は百年も陥落を防いできたのか、それとも誰も攻めてこなかったのか。その答えはこの城主のみぞ知る。

女性に対する圧倒的な優位性を自覚しているのか、オークキングは偉そうにゆっくりと迫ってくる。俺には二足歩行の豚が歩いているとしか見えないけれど、恐怖を与えるための演出なんだろうか。そんな中、メイリアがスッと一歩前に出た。

「メイリアさん……まさか……」

メイリアの姿を見たイエナの目が、驚愕の色に染まる。

「ふふ、貴方と過ごした夜は楽しかったわよ……かかって来なさいオークキング！　たとえ王種であっても、私はあんたなんかに負けないわよ!!　全て受け止めて、倒してみせる！」

メイリアがバッと両腕を開いて、抵抗の意思を示す。その姿に、相対するオークキングが顔を歪ませ、望むところだとばかりに腰布を取り払う。

「ごくり……」

メイリアが、喉を鳴らす。彼女の目を一点に釘付けにしたオークキングはえらく自信に満ちた表情で地を蹴り、俺達に急接近する。

「フゴオオオオーーーーッッ!!」

一部始終を黙って眺めていた俺の表情は、いつだったかのように酷く歪んでいることだろう。

「……変態しかおらんのか……ルーザー頼む」

俺の声に反応して、オークキングの後ろから高速で迫った蔓が、足元から伸びていき――。

――バクンッッ。

「ゴギョアアアアアアアアアアア!!」

おびただしい量の血とともに、男の尊厳を失ったオークキングの断末魔の叫びが奥多摩の秘境に響く。

「え?」

予期せぬ展開に唖然とするメイリア。彼女はオークキングと対峙していたので、血を全身に浴びていた。

「な、なんか鉄臭い! いやあぁぁぁぁ!」

……因果応報だな、としみじみ実感した。変態思考には同じジャンルの天罰が下るもんだ。だって俺、股間を狙えとは一言も命令してないし。

こう変態ばかりだと、イエナの可愛さが相対的に跳ね上がる。色々と戸惑いながらも、奥多摩での新しい暮らしに頑張って適応しようとしているのが、ひしひしと伝わってくる。

「なるほど、ルーザーさんは人体の弱点である急所を噛《か》みちぎったということですね? 確かに、逆境で男の敵兵や野盗を相手にする時は、股間を狙えと学びました」

戸惑いもクソもなかった。めっちゃ冷静に急所攻撃の考察をしとるがな。しかも、その内容は騎士道もへったくれもなかった。いったいどこにいったんだ騎士道、おい。

イエナの動体視力は、レベルアップとともに上昇している。故にルーザーの目にも留まらぬ一撃を捉えていたようだ。さらに、毎朝のラジオ体操。異世界人の場合、一日限定だが身体能力が倍増するそうだ。デタラメすぎる。

「なんなのよもう……ってドラゴンプラントじゃないの!?」

身体に付着した血をスライム達に洗わせつつ、あらためてドラゴンプラントを視認したメイリアが驚きの声をあげていた。

「あれ、オークキングの時より怖がってるじゃん、なんで？」

「当たり前！　格が違うわよ！　竜種と並ぶモンスターで災害指定よ？『国落とし』と言われてるのよ!?」

その「国落とし」を困惑させていたという事実を覚えていないのか？　そういえば、あの時のメイリアは、変態思考で頭がスパークしていたな。

「畑のドラゴンプラントは俺が育ててる植物だから大丈夫だよ」

「え？　……そんなことが可能なの？」

あっさりとした俺の返答に、困惑した表情を浮かべるメイリア。

「ユヅルは農業の神様なので、たとえドラゴンプラントでも従わせることができるんです」

「さすが、始原のスキル……さらにはスライムも従えて、水源の神様でもあるというわけね？　あもう、そろそろ嫁《とつ》ごうかしら？」

気安く嫁ぐとか言わないで欲しいのだが……いや、その前に、なにやらまた、新しいワードがメイリアの口から飛び出していた。

「水源の神様？」

「そうよ。水と魔素溜まりがあればスライムはどこにでも発生するの。生物は溶かせないから基本的に人畜無害。むしろ、汚物を吸収浄化してくれるから、王都では意図的に発生させている場所もあるのよ？」

「え、そうなんですか⁉　それは初耳です」

イエナが、へぇ～そうなんだと頷く。

「エルフの村では、スライムをあえて発生させて利用してきたの。森の水を浄化して魔素を調和するために。まあ、人族は知らなくても仕方ないわよ。私達エルフと王家が協力して、そういう古い知識を応用した事業を始めたのも二、三年前のことだし。ついでに、効果がしっかりと確認できるまではトップシークレットね。一応、人畜無害とはいえモンスターだから」

どうやら、異世界の街ではスライムを使った下水処理の仕組みを作ろうとしているらしい。

そんなスライムを従えている俺は、さしずめトイレの神様だってことか。

「だからすごいのよ？　ユヅル」

「素晴らしいです。ユヅル」

……あっそう。なんか全然嬉しくない。

さて、そんなことを言っている間にも、ルーザーはオークキングをむしゃむしゃと貪っていた。

チート畑とその促進値の高さによってメキメキと育っている。

さすがにこれ以上大きくなったらちょっと困るので、初めて【成長調整】を使い、畑の開墾作業が落ち着くまで成長を遅らせることにした。

ごめんなルーザー。マダコンとか野菜を育てるスペースがなくなってきているから、もうしばらく、我慢していてくれ。

オークキングの処理が終わった午後からは、イエナが取り組んできた開墾作業をみんなで手伝うことになった。新しい畑はチート畑のお隣に作る予定だ。

もともと、奥多摩の山奥、さらに林に囲まれているところにポツンとある畑なので、同じ規模のものを隣に作るためには伐採や石の除去をしつつ固い土を掘り返すという、かなりの重労働をしなければならない。

だが、スライム達の労働力を甘く見てはいけない。

大きなものをある程度どかしたら、その後の細かい作業でスライム達の右に出るものはいなかった。ありがとう、スライム。

◇◆◇◆◇

みんなで一気に開墾作業を進めてみたところ、予想以上に捗ったので、今日は畑仕事をお休みにして買い物に向かうことにした。

目的は、メイリアの服と食材とかの買いだめである。

それに、毎日毎日畑仕事ばかりさせるわけにもいかない。人間には十分な休息が必要だということとは、ブラック企業で得た数少ない知識の一つだ。

食い扶持が増えたことによって出費がかなりかさんだけれど、親からの仕送りはまだ若干の余裕がある。金額にして、約三ヶ月分の生活費＋α。当初は貰いすぎかとも思っていたが、もし、このまま人数が増えていったら、一ヶ月後くらいには無くなってしまう可能性が……というか今のところ、それが現実になりそうで恐ろしい。

どうする？　両親に泣きの電話でも入れてみるか？　でもなんて言えばいいのだろう。異世界から女の子が遭難してきて、養《やしな》ってあげているとか言えばいいのだろうか？

絶対に理解されないだろうな。むしろ連れ込んだ女の生活費を親にせびるとか、どういうこっちゃ！　って感じで最悪の場合は勘当《かんどう》される可能性すらある。うーん……バイトでも始めるか？　畑で食費を節約だ！　って息巻いていたのはいいが、いまだに二十日大根しか育っていない。

お金が尽きたら、ひたすら二十日大根を食い続ける日々が訪れそうだ。

これ以上、お金のことを考えていたら、買い物にいくためのガソリン代にすら頭を悩ませそうだったので、思考を切り替えることにする。

「これは何かしら？」

「車という鉄の錬金馬車ですね」

人が悩んでいる中、軽自動車に興味を引かれたメイリアにイエナが独自の解釈で説明をしていた。

「馬車よりも揺れが少なく、その上、速い。意外と快適な乗り物なんですよ。怖いですが……」

「へぇ、面白いものがあるのねぇ……」

「ほら、いいから早く乗った乗った」

ペタペタと手触りを楽しむメイリアと、あまり車に近寄ろうとしないイエナを座席に押し込むと、エンジンをかけ奥多摩の山道を走り出した。

「ああ〜このシート、寝具並みに心地良いわねぇ」

メイリアは後部座席に寝っ転がってシートの感触を楽しみ、イエナはスラ子を抱えて助手席に乗っている。

「いったい何の革を使っているのかしら？」

「俺もよくわからん」

「このボタンを押したら、窓が開くわね？」

「寝っ転がって窓から足を出すなよ」

好奇心のメーターが振り切れているのだろうか、矢継《やつ》ぎ早《ばや》に質問が飛んできて面倒だった。

「ねえ、ユヅル。私も運転してみたいのだけど」

「……運転するには資格がいるからダメだ」

「資格？　どこで取れば良いのかしら？　必要ならば取りに行くわよ？」

金がかかるからダメだ！　教習所に通うのに、いくらかかると思ってんだ。

だが、メイリアが車の免許を取得して、買い出しとか行ってくれたら生活がすごく楽になるな。

「ややややっぱり腰がふわっとして、背筋がぶわわわってきますね、この錬金馬車！」

イエナは未だに車に慣れないようで、スラ子を抱っこしていないと不安でたまらないらしい。

金策の最終手段として、みんなでバイトをして生活費を稼ぐなんていう考えもあったのだが、この二人を見ているとまだまだ不安が残る。

うわあああ、お金のことが頭から離れない。

ブラック企業にいた時も毎日、精神的な圧迫感があったな……なんて考えていると、今回はなんだか左肩に物理的な圧迫感が。しかもほんのり柔らかくて温かくて気持ちいい……ん？　気持ちいいぞ？

「ユユユユヅル！　ちょっとスピードを落としてくださいいいい！」

イエナが俺の左肩にしがみついていた。腕が胸の中にすっぽりと収まっている。

「うわっ！　運転中にしがみつくな！　山道なんだから、全然スピード出してないだろ！」

「……うぷっ、ごめんなさい、緊張でちょっと、これはまずいかもしれませんぉぇっ」

「おわぁー！　絶対吐くなよ？　ちょ、ちょっと止められるとこを探すから待って！　イエナさん、マジで吐かないで！　やめてとめてやめてとめてやめてとめて――」

ギャーギャーうるさい車内が次第に酸っぱい香りと静寂《せいじゃく》に包まれて行く。

お金の問題なんぞ異世界人を前にすれば、瑣末《さまつ》なことだったのかもしれない。

一周回って冷静になった俺は、そうしみじみと思った。

ちなみにビニール袋は間に合った。

駐車場に車を停めて、シモムラへと向かう。今回は、ぬいぐるみを装《よそお》ってもらって、スラ子もちゃんと連れてきた。

店内に入ると、以前お世話になった女性店員が目を輝かせつつ待ち構えていたので、二人を試着室に連れていってもらった。

ちょっと恐怖を覚えたが、試着室から出てきた二人がめちゃくちゃ可愛くなっていたので、まあいいや。

健康的なメリハリボディの金髪女騎士であるイエナは、オフショルダートップスとサロペットとかいう、よくわからん名称の洋服の組み合わせ。日本人離れした体型がとても映える格好で、すごく似合っていた。

一方、スレンダーで透き通った栗色の髪を持つエルフのメイリアは首元、裾、袖にフリンジをあしらったワンピース。スカートはあまり好みではないが、これはこれで可愛いので合格。

そのまま買ったばかりの服を着ていただき、イエナとメイリア、そしてスラ子を連れて街へ繰り出す。

「たくさんのお店があるのね」

キョロキョロと周りを見渡しながら、メイリアがそう呟いた。

「そうだな」

「あれは何かしら？」

メイリアが指差したのはアニメショップの一群。アニメライト、ししのむれ、ブックオンが軒《のき》を連ねるサブカル系のヲタクエリア。

「なんだか、視線がネットリしています」

イエナはキョロキョロと眺めながら、少し苦笑いしていた。

「あれは……私と同じ種族⁉　……まさか、こちらの世界にも同族がいたというの⁉」

メイリアの視線の先にはアニメライトの大看板。そこに、エルフの女の子が大きく描かれていた。

あれは確か、大人気上映中のアニメ『ゼロから始めるエルフ生活』のヒロインだったはず。

俺も仕事を辞めてからアニメをちょろっとだけ見たが、日本生まれの中年男性がエルフの国に転生して侵略してくる魔族や人間に立ち向かう、みたいなストーリーだったはず。

「同じ種族……かどうかは知らんけど」

的確な答えは出てこなかった。これはフィクションだからと説明したとして、じゃあ俺の今の状況はいったいどうなんだと軽いジレンマになる。

「ってか、アニメが気になるのか？」

「アニメっていうのが何かわからないけど、ちょっとだけね。私達エルフは、はるか昔に起きた戦争で大きく数を減らしたという言い伝えがあるの。空白の歴史ね。それを解明することは私達エルフの使命でもあるのよ」

わりかし重たい話だった。まさか、深夜アニメがエルフの使命につながるなんて。レンタルショップに寄って、ＤＶＤでも借りてやるか。

こんな感じの会話をしながらアニメショップに入ると、メイリアは有名なトレーディングカードに興味を示していたので、カード売り場に向かうことにした。

カード売り場ではヲタク達がワイワイとカードバトルを楽しんでおり、急に姿を現したメイリアとイエナにたいそう驚いている。

なんていうか、彼らの気持ちはすごく理解できる。凄まじい美人ってお付き合いしたいというより、住んでる世界が違いすぎて、むしろ恐ろしくなるんだよな。理解が及ばないからだろうか。

「ねぇユヅル」

「なんだ？」

名前を呼ばれたのでメイリアの方に視線を向けると、トレーディングカードゲーム『ケットウマスター』のスターターパックを持っていた。

「これを買って欲しいんだけど……」

興味本位でお店に入ったメイリアだったが、意外なことにトレーディングカードゲームがお気に召したようだ。

「そんなもんでいいのか？」

俺としては、下着とか可愛いアクセサリーとかをシモムラでおねだりされることを期待していたのだが。

「不思議な力を感じるのよ、この『ケットウマスター』という物から」

「そ、そうなのか」

「一枚一枚に意味が込められているのみならず、完成度の高い絵と文字が描かれているこのカードはエルフの私からしてみれば、かなりの魔術的価値があると思うの」

メイリアによると、エルフは宝石やアクセサリーよりも歴史的・魔術的価値が高い物を好むそうだ。よし、折角なので、購入してあげることにした。まあ、そんなに高くもないしね。

「ふふっ、初めて男の人にプレゼント貰っちゃったかも」

そう言って微笑むメイリアに、思わず胸が高鳴ったのは内緒だ。

帰る途中、コンビニに置かれている求人雑誌を手にとってパラパラと眺めてみたものの、通勤時間が車で一時間というだけで、やる気が削がれてしまう。自主退職なので失業給付がもらえるまで約三ヶ月ほど待たなければならない。

いっそのこと、宝くじでも買おうかね。

イエナもメイリアも、テレビとご飯があれば満足のようだ。

服と食費以外にお金がかからないってのは非常に助かるけれども、男として俺の甲斐性《かいしょう》はその程度なのかと悩んでしまう。

ばあちゃんが、男は甲斐性だ、女の子に不自由はさせるもんじゃねえ、って言ってたしなあ。


「む〜、う〜ん、むぅぅ」

その日の夜、布団の上でカードとにらめっこするエルフがいた。

「どうした?」

「これね。初めて見た時も思ったのだけど、古代魔術の召喚術式に似ているのよね」

トレーディングカードを見比べながら、メイリアはそう言った。

「こだいまじゅつのしょうかんじゅつしき？　なにそれ」

「ずっと昔……神の時代では魔法陣や詠唱を用いて、魔術を扱っていたのよ」

「ふーん……っていうか魔法だの魔術だの、もうわけがわからんのだが。適性があれば使えるんじゃないの？」

「ちゃんと説明したら、明日の昼までかかっても終わらなそうだから、簡単にいくわね。魔力を行使して魔素を操る方法を魔法と言っているの。そして、使ったりする技術のことを魔術というわ。大雑把に分ければ、人族は魔術を、モンスターは魔法を使うと理解しておけばいいわ」

「なるほど……。それで、古代魔術っていうのとカードがどう似てるんだって？」

「もともと魔法陣って、顕現《けんげん》させる魔法の情報を簡単に描き記した絵が元になっているのよ。そして意味を持つ魔法文字が作られた。それを考えると、一枚の小さな紙に綿密な絵とその効果のわかる文字、これは恐ろしく高度な魔法陣の体裁を成しているわね……」

なんだか象形文字が漢字に発展していったのとよく似ている気がした。

「スキルとしてそうした知識が体系化される前は、何らかの魔法を意味するシンボルを組みわせた魔法陣が構築されていたの。私達エルフ達はそれを古代術式と呼んでいるわ」

「ふむ。スキルって便利なんだな」

「そうね、創造主様が辛く厳しい世界を生き抜くために授けてくださった、と言われているのよ」

その結果、異世界は発展しなくなったのではないかな……とも思いつつ。

「ユヅル！　寝る前に歯を磨かないといけませんよ！」

突如、スラ子を小脇に抱えたイエナが歯ブラシを咥えて寝室の襖《ふすま》を開けた。

「ん？　ああ、忘れてた」

「メイリアも！　テレビの中の方々が歯を磨かねば、やがて病に侵され死に至ると言っていました！」

さきほど夕食を食べていた際、虫歯をテーマにしていた番組が放送されていた。それを興味津々で見ていたイエナはすぐに影響されて、あの後、もう三回くらい歯磨きしている。

あ、また歯を磨きに行った。歯磨き粉を買い足さねば……。

「スラ子さんもするべきですよー！　さあ磨きましょう！」

「ぴきー！　ぴきーっ!!」

スラ子の悲鳴が聞こえてきたので急いで洗面所に向かったら、身体に歯磨き粉を注入されていた。

「おい！　さすがにスラ子は必要ないだろ！」

白く濁っていくスラ子は、とんでもなく鼻にスーッとくる匂いを発している。

「ああもう……これどうすりゃいいんだ？」

「ぴきぃ～」

白く濁ってしまったスラ子は、しくしく泣くように身体を震わせていた。

「私もそろそろ歯を磨いて寝ようかしら」

「そうだな、全く……明日も朝から畑仕事だから、みんな早く寝るぞー」

「ス、スラ子さん!?　しっかりしてください!!」

――ワシャワシャワシャ。

そんなところへ、様子を見にきたアサヒ。枝先の葉っぱを器用に使いながら歯ブラシに歯磨き粉をつけていく。

「いや、お前も歯磨きは必要ないんじゃないかね？」

「ス、スラ子さん!!　スラ子さん!?」

スラ子がぶくぶくと発泡しだして、イエナはパニックになっている。

「ハハッ、もう何がなんだかわかんねえや」

――カオスってこういう状況のことを言うんだろうな。

◇◆◇◆◇

ようやくチート畑の隣に新たな畑が完成した。オークキング事件から二日しか経っていないが、ここへ至るまでを考えると約一ヶ月近くかかったような気がする。

「なかなかいい感じの畑二号ができたと思いたい、うむ」

「いえ、素晴らしいですよ！　みんなで力を合わせたんですから」

ずっと開墾作業を担当してきたイエナは、完成した畑二号を前にしてニヤケ面を隠しきれていない。

鑑定してみたところ、畑二号はスキルも称号も有していなかった。

そりゃそうか、隣にあった雑木林を切り拓いただけなんだし。

だがしかし、農業スキルを持つ俺が、チート畑の土を少し移動させてみたところ――。

たちまち土の色が変わり、栄養と神のご加護をたっぷり蓄えたチート畑二号へと生まれ変わってしまった。パワースポットという称号はないが、永世豊穣と神の土壌は持ち合わせていたので十分だ。

「それにしても、最近腰が痛いなあ」

「……まあ私の身体の魅力にかかれば、ざっとこんなものよ？」

「意味わかんないから、ちょっと黙っててくれる？」

メイリアの冗談は質《たち》が悪すぎる。

「身体的強度はレベルを上げればなんとかなりますから、頑張りましょう」

「……ほどほどにな」

ラジオ体操の効能は異世界人オンリー。イエナ達は二倍の力を出せるから、難なく畑仕事をこなしているけど、俺は農業スキルを持ってるだけの現代日本人だから。

いくらブラック企業で鍛えた身体があったとしても、パワフルな異世界人（主にイエナ）の作業スピードに合わせていたら、身体にガタがくるのも当然だった。

これはもはや筋肉痛ではない。ガタだ。普通にめちゃくちゃ身体が痛い。骨が軋《きし》んで、筋が痛んで神経が麻痺《まひ》してる感じだ。

「ていうか、この痛みってレベルアップだけで解消されんのか？」

マッサージにでも行くべきかなと思ったけれど、家に彼女達だけを残しておくわけにもいかない。仕方ないので、動けるうちに頑張ってレベルを上げて痛みを乗り越えようという試み。レベルを上げてパワーで耕すってわけ。

「昨日と今日湧いていたモンスターは、ユヅルが狩れる範囲ですから」

昨日はファイヤーテールという尻尾が燃えている火を吐くトカゲ、今日の朝はソードリザードとかいう背中が剣山になってるトカゲが湧いてきた。どっちも希少なだけで雑魚モンスターらしいけれど、現代日本の一般ピープルである俺にとって、めちゃくちゃ怖いことには違いない。

オークキングがルーザーに去勢されて以降、一応、モンスターの強さはリセットされて弱くなっているようだ。

しかし、二日連続でトカゲのモンスターが湧くのはなんとなくまずい状況だと思えた。

これさ、絶対ドラゴンフラグ立ってるでしょ。

「はぁ……」

「ユヅル、元気がないように見えますけど、どうしました？」

ため息をついていると、イエナが傍に寄ってきて俺の顔を覗き込んだ。こんな時は可愛いんだけど、戦闘訓練になると途端に騎士根性が表出して、鬼教官と化す。

「ラジオ体操の時も元気なかったですよ！　シャキッとしましょう！　シャキッと！」

本人は微塵も悪意がないというか、むしろ俺のことを第一に考えてくれているだけなので、ただただ頑張りますと頷くことしかできなかった。

厚意を無駄にしちゃいけない、とばあちゃんも言ってたし。

まあいいか。とにかく頑張るしかないと頭を切り替え、新しい植物に挑戦することにした。

「ユヅルはいったい何をしているんですか？」

「ん？　ああ、ちょっと幸せになれるように験担《げんかつ》ぎだよ」

「どういうことでしょう？」

俺の言葉にイエナが首を傾げる。どうやら異世界にはシロツメクサ、もといクローバーが存在しないようだ。あったとしても、日本のように幸運をもたらすような植物とは認識されていないみたい。

「この植物は、神の世界だと幸運の象徴として扱われているんだ」

「ああ、幸運の女神様のご加護があるということですね？」

幸運の女神様……？　どちら様か知らんが、とりあえず同意しておく。そうしないと会話が進まないし。

「そうそうそれそれ」

「さすがはユヅル！　上位神様ともつながりが深いんですね！」

「あ、うん。……そう、多分そう」

なんでもいいんだけど、仮に幸運の女神がいるんだったら、異世界人達の食い扶持だけでもなんとかしてくれないかと、切に願う。

「ぷぅ……なんだか適当ですね、ユヅル」

適当に受け答えをしているのが伝わったのか、イエナは口をすぼめてぷぅぷぅ言い出した。

「なにが、ぷぅだ」

「メイリアがこうしてぷぅぷぅすると、ユヅルが喜ぶと言っていましたので」

メイリアめ、またイエナに変な知識を与えたな……？　今しがたイエナが行った仕草は、深夜放送アニメ『マジカルぷぅ～っと』という日常ゆるゆる系アニメの女主人公の癖だ。

「ぷぅぷぅ言ってるとおなら出るぞ」

「で、出ませんよ！　出てもこっそり出します！」

顔を赤くしてお尻を押さえるイエナは、やはり可愛かった。やっぱ彼女はこうじゃないとな。

「よし、とりあえず一段落ついたかな。今日はモンスターもそんなに強くなかったし、旨味を改良した二十日大根もそろそろ収穫できるから、みんなで食べよう」

「わー！　美味しいと噂のラディシェですか！　楽しみです！　あと、ソードリザードは希少なだけでそこまで戦闘力は高くないので、ユヅルならばきっと倒せると確信していましたよ」

「本当かなあ？」

「もし何かあれば、私がいますから！」

「……剣山で危うく穴だらけになりそうだったけどな」

「その時はクッションやデコイとして類稀《たぐいまれ》なる防御力を発揮する、スラ子さんとスライムさん達が助けてくれるので問題ないですよ」

俺からすれば限界ギリギリのレベリングなのだが、異世界人からすれば他に敵がいない場所でのぬくぬくレベリングだというのだ。とはいえ、ピンチになったらスライム達を囮《おとり》にしろってのは、かわいそうっスよ、イエナさん。

「ねえユヅル、そろそろお腹が空いたんだけれど」

イエナと話していると、白衣を身につけたメイリアが家の方から畑に顔を出した。

「ＯＫ！　みんなで飯にしようか。スラ子ー！　昼ごはーん！」

「ぴきぃ～！」

俺の胸に飛び込んできたスラ子を抱きかかえて、みんなで家に戻る。とりあえずクローバーは促進を限界まで伸ばしてみたので、夕方には芽吹いているだろう。

昼ごはんを食べた後、イエナによって生み出された薪の置き場を弄るために色々と準備をしていたら、あっという間に夕方になっていた。夕食の準備を始めなくてはいけないけど、その前に、午前中に蒔いておいたクローバーの様子を見に行く。

「……めっちゃ茂っとる」

ちょろっと蒔いただけのはずだったのに、思った以上に生い茂っていた。そういえば、一つだけ【成長調整】を施して、早めに育つようにしてたんだっけ。

とりあえず初心に戻り、四つ葉があるかどうか探していると、意外とあっさり見つけたので試しに鑑定してみることにした。

【品種鑑定】
名前：四つ葉のクローバー
種族：シロツメクサ種
年齢：1
発育：萌芽
調子：良好
レベル：1
体力：1／1
魔力：1／1

スキル：幸運
称号：幸運の加護

「――えぇっ!?」

思わず大声をあげてしまった。農具の手入れをしていたイエナが、俺の声を耳にして駆け寄ってくる。

「どうしました!?」

「いや、このクローバーを鑑定してみたんだけど……」

鑑定結果をそのまま見せることはできないので、本当に幸運の加護を持っていたことを説明した。

「やっぱり、幸運の女神様のご加護です！」

「そ、そんなもんなのか？」

異世界の常識で物事を語られるとなんとも対応に困るわけだが、現にこうして鑑定結果として出ているので、まさに事実は小説より奇なりと考えるしかない。

というより目の前にいる人物こそ、ファンタジーがノンフィクションだということを現在進行形で証明しているので、さもありなんといったところだ。

「希少価値が高いの？　その葉っぱって」

騒ぎを聞きつけて畑にやってきたメイリアが、四つ葉のクローバーを興味深そうに眺めながら聞いてきた。

「うん、めちゃくちゃレアな代物だよ、これは」

ネットで見た感じだと三つ葉のクローバーの中から、四つ葉が生まれる確率は約一万分の一だとか。ついでに、これ以外のクローバーにも何か能力があるか調べてみたものの、どうやらこの四つ葉にしか幸運スキルはついてないようだった。

我ながら、葉っぱのスキルに頼るなんて情けないことだとは思うが、この四つ葉のクローバーが幸運なんてスキルを発現させたのは、俺の農業スキルとチート畑のおかげ。

うん、自分の実力なのだよ。運も実力のうちだとよく言うしね。

イエナ達には内緒だけど、こんな感じで無理やりにでも納得しておかないと、そろそろ頭がパンクしそうだ。

「そういえばユヅル。頼みごとがあるんだけど」

「ん？　どうした？」

「大規模な魔術の研究を行うには、ちょっと部屋が狭いの。もう一つ……部屋を借りたり、作ったりすることはできないかしら？　私の実験室的なところ」

プレハブでもいいから一人で研究に浸れる場所が欲しいって感じかな。願いを叶えてやりたいのは山々だが、我が家の家計は切迫しているから難しい。

「すまん、しばらくの間は押入れで我慢してくれ」

「そうね……押し入れの広さだと難しそうだから、自力でなんとかできないか考えてみるわ。イエナが伐採した丸太を使えば……小屋の一つくらい建てられそうな気がしないでもないんだけれど」

うーん……よく知らんが、日本の法律に引っかかりそうな予感がする。それに、こいつらは放っておくと何をしでかすかわからんので、ダメなことはダメと今のうちにしっかり言っておかないと。

しかし、都市計画法とか建築基準法あたりは俺も全然わからんし、そもそもこいつら理解できるんだろうか。そんな悩みを抱きつつ、苦し紛れに俺の口から出てきたのは、こんな例え話だった。

「神の国には建築神が定めた掟《おきて》があってな。その中に、建築は資格を有する人にしか許可しないってのがあるんだ」

我ながら思うが、建築神って何者だよ。都庁にでもいるのか。

「建築神……さすがは神の世界ね。私達の世界にも唯一神の下に十二神、さらにその眷族として二十四神と、たくさんの神がいるのだけれど……神の国ではさらに細分化されているわけね」

イエナやメイリアにとって、この世界の人間が神ならば、約七十億柱の神が存在することになるな。まぁ日本には八百万《やおろず》の神がいるらしいし、俺は一切嘘をついていない。

「なら……外で実験をやるのはいいかしら？」

「それならまあ、問題ない」

少々の騒ぎになっても、こんな秘境みたいなところなら、どうとでも理由をつけられるだろう。そもそも人いないし。仮に気づかれたとしても、私有地だから、まあ大丈夫なんじゃないかな。

「……ちなみに、爆発しないよな？」

「…………………大丈夫よ」

おい、待てこら。ボソッと言ったけど、なんだその間は。

「そういえばメイリアの研究室って、いつの間にか王城の隅に引っ越していましたけど、なんでしょうか？　まあ、たまに爆発音が聞こえてきた時も、騎士団長が研究の醍醐味だと笑っていましたので、問題はないのでしょうが」

「メイリア、アウトォーーー!!」

それって、めちゃくちゃ危険だから王城の隅に追いやられたってことじゃねぇか！

「でもでもでも！　だってユヅル！　研究に爆発はつきものなのよ！」

「アホか！　んなギャグ漫画みたいなことが実際にまかり通ったら困るわ！」

「テレビでも、失敗は成功のもとって言ってたわよ！　良い言葉よね！　つまりそういうことなの！」

「いや意味わかんねぇよ！　覚えたばかりの言葉を使って、無理やり理由つけてんじゃねぇ！」

押し入れで爆発を起こされたら幸運の加護があったとしてもかなり危ない。外ならまだマシかもしれないが、それにしても、ちゃんと注意しないとな……。家ごと吹っ飛ぶとかシャレにならないし。

「そろそろ日も沈みそうですし、スラ子さ〜ん、もうすぐ夕食の時間なので家に戻りますよ〜」

◇◆◇◆◇

「さあ今日も元気に畑やっぞ！　しまっていくぞっ！」

「ユヅル、機嫌が良さそうですね」

スキップしながらテンション高く畑に向かう俺に、イエナが微笑みを浮かべて話しかけてくる。

「私はちょっと不気味なんだけど」

「何を言うんだ、メイリア。たまにはテンション高い日もあるだろ」

昨日、四つ葉のクローバーをゲットして以降、なんだか身体の調子が良いというか……ぐっすり眠れて快調だし、朝食の目玉焼きを作る時は卵黄が双子だったし、なにかとツいている。

さらに朝の占いでも俺の血液型が一位を独走状態で、すこぶる気分がいい。

ブラック企業に勤めていた時から今に至るまで、漠然とした不安から目を逸らしてきたが、なんとなく解放された気分だ。

「るんるん♪」

「……目の奥がたまに濁っている時がありましたが、今日はまるで夢見る少年ですね」

「……私には相変わらず、童貞をこじらせた青年にしか見えないんだけど？」

研究室の一件から御機嫌斜めなメイリアの毒舌も、今日はなんか可愛い奴めって感じ。

「さて、今日のモンスターはなんだろうな」

最近、トカゲモンスターが多かったので、そろそろドラゴンが湧くんじゃないかとも思っていたが、絶好調な俺を前にしてそんな強敵が出るはずない。というか今日は何も湧かないかもしれない。

なんて思いながら畑に行ったら、普通に湧いていた。

そいつは、どす黒く濃い緑色の細長い身体に、六本の足を備えた赤い瞳のモンスターだった。

「よし、ドラゴンじゃないな。見た感じトカゲだ。翼もないし」

蛇とトカゲが混じった感じと言えばいいのだろうか。今日もなんとかドラゴンフラグを回避できたぞ。そう考えると、目の前のモンスターもなんとなく可愛く思えてきた。

「よっしゃ、俺の経験値になれ！　糧《かて》になれ！」

そう叫ぶと同時に、俺の声に反応してモンスターがこちらを向いた。

「ジャラァッ‼」

つぶらで真っ赤な瞳と目が合った。

――刹那《せつな》、心臓を鷲掴《わしづか》みにされたようなイメージが浮かぶと同時に、鋭く激しい痛みが俺を襲った。

「――ッ」

息ができない。視界がブレる。風景が一変したと思った時には、俺は膝から崩れ落ちていた――。

「イエナ！　バジリスクよ！　スライムとドラゴンプラントに任せて家に避難するわよ！　わかってるわね!?　絶対に目を合わせちゃ――」

「ユ、ユヅル？　メ、メイリアさん！　ユヅルが!!　ユヅ――」

「――ってる！　わかってる！　私が解呪《かいじゅ》薬を精製《せいせい》するから早く家に運んで！　手遅れになって――」

……血相を変えたイエナとメイリアが俺の身体を抱えて、何かを叫んでいる。

「スラ子さん！　アサヒさん！　ルーザーさん！」

「貴方達の主人がやられたのよ！　そのバジリスクは完膚《かんぷ》なきまでに叩きのめしなさい！　アサヒもルーザーもスラ子も……私の言葉が通じているんなら、そいつを倒したら家まで運んできて！　そうじゃないとユヅルは助からないわよ！」

血相を変えて叫ぶメイリアは初めて見たな……。

イエナは俺を抱えてボロボロと涙を流しているし……。

目だけでなんとか後方を見ると、六本足を器用に動かしバジリスクが迫ってきていた。

それを、アサヒとルーザーが阻もうとしたところで――俺の意識は完全に飛んだ。

◇◆◇◆◇

得体の知れない浮遊感のあと、暗闇から白く霞《かす》んだ空間へと世界が転じる。冷たい感触がして、すぐに自分が水の中にいることを理解した。空気を求めて、水面を目指してなんとか浮上する。

「ぶはっ！　ハァハァ……か、川？　いったい、何が……」

水面から顔を出し、肺に大きく空気を入れつつ辺りを眺めると、俺は大きな川にいて流されているところだった。これが夢か現実なのかはわからないが、とにかく助かるには川岸を目指して泳ぐしかない。

すると、遠くの方から聞き覚えのある声がした。

『おーい！　ユヅルー！』

声の方向に目を向けて、我が目を疑った。

「じいちゃん、ばあちゃん!?　な、なんで川岸にいるんだ!?」

亡くなった祖父母が川岸に立ち、こちらに向けて両手を振っていた。

「おーい！　じいちゃん！　ばあちゃん！」

『ユヅルー！』

「おーい！　じいちゃん！　ばあちゃん！」

『ユヅルー！　ユヅルー！』

「いや、ユヅルだってわかってんなら、他の言葉を返せや！」

何度手を振っても、じいちゃんばあちゃんは俺の名前を連呼するだけなので、ついついツッコんでしまった。イエナ達と過ごしているうちに、俺はツッコミキャラとしての立ち位置を確立してしまったんだろうか。

まあ、とりあえず川岸まで泳いでみるか。

泳ぎは苦手ではない。『奥多摩湖のトビウオ』という、よくわからんあだ名を小学生の頃にもらっていた俺にかかれば、この程度の川の一つや二つ。

そう意気込んで、バシャバシャと祖父母のいる川岸まで近づくと、ようやく声がはっきり聞こえてきた。

『ユヅルー！　こっち来んなー！　今すぐ対岸にいけー！』

「は？」

『お前はまだこっちに来るには早すぎるから帰れー！』

『かーえーれ！　かーえーれ！』

じいちゃんにばあちゃんが悪乗《わるの》りし始めた。

「いくらなんでも、そのコールは酷すぎんだろ！」

あんまりだ。久しぶりに会ったっていうのに。

『お前、子供の頃から人の話を聞かなかったからなぁ……仕方ない！』

突如、じいちゃんは俺に向かって石を投げ始めた。

「お、おい！　って、あぶなっ！　なんだよ、もういいよ！」

そう言いつつ反対側の川岸に向かおうとした時、唐突に足を引っ張られた。

「うわぁっ！」

とんでもない力で水中へと引きずり込まれていく。なんだと思って足元を見ると、黒い複数の手が川底から俺の足に絡みついていた。

「もがもがもがもがもが――!!」

やばい、これはやばい！　だから、じいちゃん達は引き返せって言ってたのか！　こ、こんな化け物が潜む川、いったいなんなんだ！

パニックを起こし、肺から空気が全て抜けた。

もうだめだと諦めかけた瞬間、何かが俺をふわっと包み込んだ。

……え？

目をこらすと、俺は少女に抱きかかえられていた。

水色の髪をツインテールにした少女が俺に呟く。

『お兄ちゃん、死んじゃだめ、諦めたら……そこで試合終了だよ？』

「せ、せん――」

少女に俺が何かを言い返す前に、視界が光に包まれた。

◇◆◇◆◇

まばゆい光は少し熱を帯びつつ、作業着の胸ポケットから発せられていた。

そして——パリンッ。

ガラスが割れたような音が響いた瞬間、混濁していた意識が戻り、霞みがかっていた記憶がスッと頭の中に舞い戻ってくる。激しい胸の痛みもいつの間にか消えていた。

「えっ!? 呪いが薄れていく!? 嘘、どうして!?」

「ユ、ユヅル！ ユヅル!!」

カッと目を開くと、メイリアの驚いた顔があった。

そして柔らかい感覚。数秒遅れて、イエナが俺を抱きしめていることに気がついた。

「胸ポケットに……何かが」

ごそごそと作業着の胸ポケットを探ると、昨日回収した四つ葉のクローバーが入っている。

……なんとなく理解できた。

どうやらこのクローバーが、バジリスクの呪いを弾いてくれたみたいだ。

その証拠に四つ葉のクローバーから葉っぱが一つ消え、三つ葉になっている。

「た、助かった……のか……？」

「ジャラァッ！」

俺が生きてるのを確認したバジリスクが、追撃を仕掛けるために接近しようとするも、アサヒが壁になるように葉を展開させてくれていた。

「ユヅル！　バジリスクを見てはいけません！　見たくなる気持ちはわかりますが」

そう言われると、なんだか無性に見たくなってくる。

「ふふ、ユヅル、簡単なことよ。私達だけを見ておけばいいのよ」

珍しく、瞳いっぱいに涙をためたメイリアが微笑み、イエナは俺の頭を豊満な胸に押しつけた。

く、苦しい。このままだと、再びじいちゃんとばあちゃんの顔を見にいけそうだ。

「キシャァッ!!　キシャアッ!!」

アサヒが枝や葉っぱを大量に伸ばして、バジリスクの動きを拘束する。

そこへ、怒り狂ったドラゴンプラントのルーザーが、雄叫びをあげながら襲いかかる。

「ゴシャアアアアア!!」

「キ、キッシャァァアアア!!」

焦るバジリスク。だが、どうすることもできないようだ。

「バジリスクは、【呪眼】さえ対処できれば、身体は脆《もろ》いしそこまで脅威ではないのよね」

「ドラゴンプラントはドラゴンと対峙できるモンスターですから、当然の結果です」

最後はあっけないものだった。アサヒにひっくり返されたバジリスクの腹を、ルーザーが次々に食い破っていき、断末魔の悲鳴とともに息絶えた。

全てが終わった後にようやく、運良く命拾いしたことを理解できた。

イエナとメイリアに抱きしめられた状態にもかかわらず、さらに腰が抜けてしまう。ああ、格好悪い。

これって恐らく、臨死体験をしてしまったんだよな。白く霞んだ世界で溺《おぼ》れかけたあの川。いわゆる、三途の川なんじゃなかろうか。どんなオカルトだよ。ってか、ある意味、あの世への異世界転移だよこれ。

対岸にいた人影は、どことなくじいちゃんとばあちゃんに似ていたけど、今となっては確かめようもない。人影のあった岸まで泳ぎきったり、川底の手に引かれて溺れたりしていたら、四つ葉のクローバーがあったとしても戻れなかったのかもしれないな。

……そう考えると、川から俺を救い上げてくれた水色のツインテールの女の子はいったい何者なんだろう。疑問は尽きない。

少し落ち着いたところで、イエナとメイリアからバジリスクが小型のドラゴンだということを聞いた。さらに、ドラゴンの中でも質《たち》が悪く、凶悪性だけなら上位に名を連ねるほどなんだとも。

その凶悪性とは俺が受けた呪い。なんでも目を合わせると、強制的に死の呪いを受けるとか。

対処方法は単純で、目を合わせなければ大丈夫らしいけど、人間はお互いの目を見てコミュニケーションをとる生き物。それを考慮すると、バジリスクは最強の人間絶対コロスマンだった。

「よかったです。本当に、よかったです……えぐえぐ」

「泣かないのよイエナ」

下唇を噛み締めて、涙を浮かべるイエナの頭をメイリアが優しく撫でていた。

「もう、解呪薬の精製だって一か八《ばち》かなのに、本当に貴方のスキルは伝説級なのね。作り出した植物でバジリスクの呪いを打ち消してしまうなんて……！　ずびずび」

気丈な発言を心がけているようだが、涙と鼻水が同時に出てますよ、メイリアさん。

「泣くなって言いながらメイリアも泣いてるじゃないですかあ」

「違うわよ、これはちょっとしたアレよ。アレ」

「二人とも……心配かけてごめんな」

そう謝ると、二人は首を横に振る。

「それを言うなら五人でしょ？　スラ子、ルーザー、アサヒも頑張ったんだから」

「まだまだいます！　畑にいるスライムさん達も心配しているみたいですし」

バジリスクと戦っていたモンスター達が、俺のもとへ駆け寄ってきた。

「ぴきぃ～～～～！」

その中でも、スラ子は他のモンスターに先駆けて俺の胸に飛び込み、プルプルと身体を震わせていた。

めちゃくちゃ心配をかけていたようで、本当に申しわけなく思う。

これは完全に俺の不注意というか、間違いなく過信だった。

たまたま四つ葉のクローバーを持っていたからよかったものの、もし呪いを受けたのがイエナやメイリアだったらどうなっていただろうか。

いや、彼女達だけではなく、スラ子、アサヒ、そしてルーザーも一緒だ。

農業スキルは便利だが、決して万能ではない。

なかなか汎用性《はんよう》が高いスキルだとは思っていたが、戦うことに関してはからっきしだ。

彼女達の涙で、いかに自分が調子に乗っていたか気づかされた。だいたいは四つ葉のクローバーのせいだけど、非日常に慣れてきたことで、油断していたのは確かだ。

腰を据えてモンスター対策をしないと、取り返しのつかないことになってしまう。そんな気がした。今までみたいにバタバタしつつも、なんだかんだ解決できていたという、幸運のみに命を預けるなんてリスキーなことはもうやめないと。

真剣に、畑に湧いてくるモンスターを一匹でも減らすための方法を探らないといけない。ていうか、できることなら、もう湧かないようにしたい。

「メイリア、なぜモンスターは畑に湧くと思う？」

俺の質問に、メイリアは即答できなかった。

「……わからないわ。でも調べてみる価値はあるわね」

「任せた」

研究・解明することが専門のスキルを持っている奴に任せておけば、心配はいらないだろう。

俺には異世界事情なんかさっぱりわからんが、できることは手伝いたい。

実際に臨死体験をしてしまうほどの危険が存在していた。

出てきたモンスターをなんとか倒してればいいや、なんて甘い考えでは、この先バジリスク以上に厄介なモンスターが出てきた際、いったいどうする。

取り返しがつかなくなってからだと、絶対に後悔するだろう。

だから決めた。メイリアには畑の謎を解き明かしてもらいつつ、俺はみんなを守るために農業スキルを使うんだ。

——間に合わなくて、後悔するのは嫌だからな。

第五章　垣根が言葉を喋りだしたのだが

「あの、アサヒさんや……増えてませんか？」

ラジオ体操の後、垣根がさらに大きくなっているように感じた。

地味に増量しているというか……うん、これは育ってますな。

――ワシャワシャワシャワシャワシャ。

「え、これ会話になってんの？」

俺の言葉に合わせて葉っぱが動いている。会話になっていると断言してもいいのだろうか。

もっとも、前々から俺の言うことを聞いてくれているので、言葉を理解できているとは思っていたが、残念なことにアサヒの言いたいことを俺が理解できない。

「よし、イエスの場合は一回ワシャっと、ノーの場合は二回ワシャワシャとしてみてくれ」

――ワシャシャシャシャ。

くっ、試しにやらせてみたが、ワシャの範囲がわからん。枝と葉っぱが連動してワシャシャシャシャって連続した音になって聞こえる。やり方を間違えたな。

「……何をしてるのよ」

俺とアサヒのやりとりをメイリアがジト目で見つめていた。

「ん？　アサヒとの意思疎通がもっと細かくできればな～と思ってさ」

「なら……これとかどうかしら？」

メイリアから手渡されたのは、犬の気持ちがわかるという玩具《おもちゃ》――わんわん＝ワンリンガルだった。

「なんでこんなもん持ってんだよ。これだいぶ前に発売されたやつじゃねぇか」

「押入れのダンボールの中で見つけたのよ」

研究用のテーブルすらないので、押入れに自分の私物を置いているメイリア。

もちろん、ビーカーとかフラスコなどはない。到底、研究用スペースとは思えないが、古代魔法陣の研究は紙とペン、それに書けるスペースさえあれば、大規模なもの以外は進められるとか。

メイリアにはできるだけ投資してあげたい。

彼女の研究によって、モンスターが湧いてくる仕組みさえ解明できれば、封鎖して安全になるし、そのうち流行りの異世界ラノベみたいにトリップしてメイリア達の世界を見られるかもしれんから。

とはいえ、無い袖は振れない。異世界の金貨とか珍しいお宝がモンスターと一緒に湧いてくれれば、都内の質屋に売って金儲けできるのに。

ちくしょう、危険なモンスターじゃなくて、財宝をいっぱい持ったやつが湧いてきてくれー!!

「頭を抱えてどうしたの？　使わないの？」

「お、おう」

話がだいぶ逸れてしまった。

よし、物は試しということで、ワンリンガルをアサヒに使用してみる。

適当な枝に引っ掛けて、スイッチオン。

「……こんにちは」

「………おい、なんでもいいから返してくれよ！　反応をよ！

「……やだ……ユヅル、葉っぱに向かって喋りかけるなんて……」

「精霊だから！　一応、アサヒはドライアドっていう樹の精霊だから！　俺の意思がちゃんと伝わってるはずだから！　ってか、なんでこんな時だけ黙っちゃうのアサヒ！」

——ワシャワシャワシャ。

ちくしょう、こういう時だけ理解できてしまう。きっと、俺の反応を見て楽しんでるんだな。

ドライアドになったアサヒは戦闘力の上昇もさることながら、イエナとスラ子に混じってテレビも見るし、ジュースを飲んで料理も食べる。さらに、様々な物事に興味津々なようで、俺達が車で買い物に向かう時は駄々をこねる子供のようにアサヒのワシャワシャが激しくなる。

ちなみに、ワンリンガルは無反応に終わった。

「うーん、魔力で動いてないからダメなのかしら？」

「そういう問題じゃないと思うが……まず電池が入ってないな」

最初に確認しておけばよかった。

「電池……魔素や魔力とは別の動力源ね。雷を原動力に物を動かすなんて、神の世界ってとんでもない技術を生み出したわね。興味深い」

そんな会話をしていると、短パン&タンクトップ姿のイエナが牛乳を瓶で飲みながら庭先までやってきた。

「二人とも何やってるんですか？」

「……コップ使えよ」

あとブラもつけてくれ。メイリアは下着のエロさにすぐ気づいて、Ｔバックを身につけるようになっているぞ。それもそれでどうかと思うがな。

「こ、これはユヅルが私専用に買ってくれたじゃないですか！　ゴクゴクゴク――プハッ！　鍛錬の後はこうして牛乳を一本、飲み干すのが気持ちいいですね！」

「そういう問題じゃなくて、単純にマナーの話なんだが」

「公的な場所じゃなかったら、だいたいみんなこんな感じですよ！」

さすがの騎士道も、オフだとなりを潜めるのか。

毎日毎日、飽きることなく牛乳ばかり飲んで、こいつの胸は心なしか前より大きくなっているような、ないような。

「あら、ユヅルは大きいのがお好き？」

「ぶっ、いきなり何を言い出すのかね、メイリアくん」

「ふふ、この間は疲れていたみたいだから手を出さなかったけど、今度一緒の布団に入ったら……」

バジリスクに殺されかけた時、なぜかブラック企業の記憶までフラッシュバックして眠れなくなった。そんな俺を、彼女達が一緒の布団で優しく包んでくれたことが一度だけあった。

その後もメイリアは味をしめたのか、度々、布団に潜り込んでくる。

もう本当に防御が大変。だが安心してくれ、みんな。俺はまだ童貞だ。

「俺……今度から真ん中で寝るのやめるわ」

「嘘よ」

「結局、二人とも何をやっていたのか教えてもらってませんけど……」

「あ、ごめん。アサヒと会話できないかなって、メイリアと実験してたんだ」

「なるほど……。そうだ、ちょっと待ってください」

何かを思いついたイエナはサンダルをパタパタとさせながら家に駆け出し、缶詰と剣を持って戻ってきた。

「これ、私の秘密の非常食なんですが……食べると動物と人間が意思疎通できると書いてあります」

――ペットの気持ちを第一に考えた食事を。以心伝心、一緒に食べて心を通わせよう。

――ワンニャンゼリー!!

「昔、流行ったペットフードじゃねーか！」

ペットと一緒に食べることができる、というコンセプトで作られたおやつ。

缶詰タイプだから賞味期限が長いのはわかるが……大丈夫か？

十数年は、さすがにもたないんじゃないだろうか。

一応、賞味期限を確認してみると、案の定、切れている。それも五年前に。

だが、そんなことを知らないイエナは「これアサヒさんにあげますね、えい」と言うやいなや、剣を抜き放ち、缶詰を両断してアサヒにぶちまけた。

「くっさあああああああああああああ!!」

とんでもない臭気が庭先に広がっていく。

「い、意識を失いそう……もう、だめ」

「ふぐう、私もレベルが上がって五感が増しているせいか……こういうのには慣れているはずなんですが、これは少し厳しい臭い……ですね」

メイリアが白目を剥《む》いて倒れた。イエナも苦しそうな表情で、片膝をついて呻いている。

「ク、クサッ……」

「へ？　草？」

い、今喋ったのは誰だ？　俺の周りにはイエナとメイリアしかいない。

「ま、まさかな……？」

「チョ、クサイ……なんでこんなに臭いんデスカネ」

ワシャワシャワシャと枝や葉っぱが風にそよぐ音とともに、どことなく喋《しゃべ》り慣れていない感じの日本語が耳に入ってくる。

「……アサヒなのか？」

「フウ……なんども言葉を返してイルノニ。いつまデモ、気づいてくれナイ、マイマスター」

最後の五七五だけ良い川柳になりました、とアンニュイそうに呟くドライアド。

「その様子だと、やっぱり言葉が通じているみたいだな」

「――!?　ワタシの言葉が聞こえマスカ!?」

「カタコトだけどな」

言葉に合わせてワシャワシャ動いている様は、まるで音楽に合わせてクネクネ踊る花のおもちゃみたいだった。

ってか、植物と言葉を交わせるようになるなんて、ワンニャンゼリーの効能すげえな。さすが、異世界クオリティ。いや、むしろ逆に考えて、日本製品のクオリティが凄まじいというべきなんだろうか。

「頭を抱えてどうしたんデスカ、マイマスター？」

「異世界と日本のあれこれで、ちょっと悩んでた」

「そうなんデスネ！　でもヤット……会話ができるようにナッテ、アサヒちゃん嬉しいデス」

「待て、これ以上会話すると文章がすっごく読みづらくなる！」

そう言うと、アサヒは「スョボーン」と悲しそうな声を出した。心なしか葉っぱも元気が無くなったように見える。

「なんかすまん」

「いいんデス。もっとニホンゴが上手くナレバ、いいんデスカラ……ショアーン」

それはショボーンって言いたいのだろうか。

「そうイエバ、二人ともどうしたんデスカ」

「ん？」

アサヒはワシャワシャと枝葉を動かして、ワンニャンゼリーの臭いに卒倒したイエナとメイリアを指し示した。

あ、イエナも結局のところ、耐え切れずにやられちまったのか。白目を剥いて倒れている。

「そうだ。アサヒに聞きたいことがあったんだよ」

「なんでショウ？」

「お前、なんか増えてない？」

「そうデスカ？　最近暖かくなってきましたカラネ」

確かに、季節は夏に近づいているけど……まだ梅雨すら迎えていないのだが。

「まあ、鑑定してみたらわかるかもな」

【品種鑑定】
名前：向ヶ丘アサヒ
種族：ドライアド種
年齢：８８歳
発育：魔力成熟
調子：覚醒、良好
レベル：１１２　《

体力：200／200《》
魔力：6720／6720《》
スキル：植物属性、植物魔法、植物憑依、精霊化、言語理解
称号：護り樹、固有種、樹精霊、スーパーイヌツゲ

……レベル上がりすぎだろ！　この前まで88だったはずから、24も上がってる。

ワイバーンやオークキング、バジリスクみたいなモンスターと戦ったことで、大量の経験値を獲得したのだろうか。

あるいは俺らが出かけている時に、この辺を守ってくれた分の経験が蓄積されたとか？

それとスキルが増えている。【植物憑依】と【精霊化】に、ワンニャンゼリーの効果であろう【言語理解】。

「アーなるほど！　レベルが上がって調子が良かったんデスネ～」

色々とものすごいことになっているが、当の本人はいたって軽い調子だった。

「【精霊化】ってなんだ？　あと【植物憑依】も」

「【精霊化】デスカ？　こういうことデスヨ～」

垣根がぼんやり輝いたかと思えば、スポンッと小さな光が飛び出した。

その光はふわふわと俺の周りを飛び回り、やがて肩に止まる。

「この姿は少し疲れマスネ〜」

肩の辺りから軽い調子の声が聞こえた。

まさかな……ちょっと、鑑定してみるか。

【品種鑑定】
名前：向ヶ丘アサヒ
種族：ドライアド種
年齢：88歳
発育：魔力成熟
調子：精霊化状態
レベル：112
体力：1／1
魔力：672000／672000

スキル：植物属性、植物魔法、植物憑依、精霊化、言語理解
称号：護り樹、固有種、樹精霊、スーパーイヌツゲ

この光、やはりアサヒだった。まじかよ。

ってかステータスがおかしい。調子が精霊化状態になって、魔力と体力の数値がえらいことになっているんだが。

「ヤッパリ～、スーパーイヌツゲの体が一番楽デス」

ぼんやりとした光が徐々に変化していく。

そこには緑色の長い髪の毛を揺らしながら、透明に近い色の羽をパタパタとさせて飛行する小さな妖精。例えるなら、アニメキャラクターのフィギュアくらいの大きさ。

「おお、それが【精霊化】か！　それで、【植物憑依】は？」

「【精霊化】した状態カラ、他の植物にのり移れマス」

アサヒはそう言いつつ、たまたま縁側に出していたマダコンのプランターに向かい、一つのマダコンにスーッと入り込む。

直後、プランターからズボッと飛び出し……って、二股になった根っこでマダコンが立った⁉

縁側を走り回っている……。

「走るッテ、素晴らしいデスネ！」

その様子を一部始終見ていた俺は、なんとも言えない気持ちになった。

「それさ……絶対に人前でしないでくれよ？」

「わかってマスヨ～」

縁側から飛び降りて、テテテテッと庭を駆け回るマダコンの姿はとことんシュールである。

唖然としながら走り回るマダコンを眺めていると、スラ子がやってきた。

あ、やばい。

案の定、マダコンに興味を示して、追いかけ始めるスラ子。

「アアッ！　スラ子さん食べないでクダサイネ！　ワタシデスヨ！　アサヒデス！」

「ぴきぴきぃ〜！」

未だ魚の腐った臭いが立ち込める庭先で、白目を剥いて倒れている美少女二人。その周囲で追いかけっこするミニマムチートモンスター二匹。

「……ハハッ、なんだこれ」

何度見ても、わけがわからなかった。

「うーん……なんだか、記憶が曖昧なんだけど……って、どうしてラディシェとスライムが追いかけっこをしているのかしら？　新手のモンスター？」

「う、迂闊でした。まさかここまで臭いものがあるなんて……この缶詰という食べ物は非常食として有効だとテレビの方々が仰っていましたが、使い方を考えなければなりませんね……って、ラディシェが走ってます!?」

やっと臭気が薄れてきたので、ブチまけられたワンニャンゼリーを水で流していると、メイリアとイエナがムクッと起き上がり、唖然としている。気持ちはわかる。すごくわかる。

「……とりあえず、朝飯にするか」

この状況を説明しようにも、いったいどこから話せばいいのかわからんので、俺達は一旦朝飯を食べるために居間に戻ることにした。

朝飯も終わり、畑に行くことに。

イエナとメイリアに今朝の顛末を伝えたところ、「さすが神の国ですね」とか言いながら、驚きつつも受け入れていた。

ちなみに、今日の朝飯は白ご飯に万能ねぎ入り卵焼き、二十日大根の味噌汁。

「食べてみたいものとか好きなものってない？　リクエストがあれば作るけど」

畑への道すがら尋ねてみると、イエナはうーんと首を捻る。

「ユヅルの料理はなんでも美味しいですよ？」

質問の答えになってねぇ。嬉しい言葉なんだけどさ。

「そうね……パン一つにしても、私のいた国とは比較にならないほど柔らかくて食べやすいし、神の国の食文化は恐らくだけど、少なくとも百年以上は先んじているわ。だからなんでも美味しいっていう結論は間違っていないわね」

なぜかメイリアがドヤ顔で応じる。

今から百年前も多分、柔らかいパンはあったような気がしないでもないが。

まあ、異世界と比べても意味はないだろう。どうせ、パン職人とかのスキルを持った人が現れてないだけだ。

「私はパンよりハンバーグや生姜焼きによく合う、お米が大好きです！」

「あら、肉より魚の方が美味しいのよ。こんな山奥なのに新鮮な魚が食べられるって、すごいわよね。ねえ、ユヅル。私は西京焼きをまた食べたいわ」

お、最初のリクエストはメイリアか。なら、今日は西京焼きにしようかな。

「今夜は西京焼きにしようか」

「やった！　ユヅル大好き、ちゅ——」

「ダメです！　メイリアは夕食を決める権利を貰ったでしょう！」

予期せぬ不意打ちキスは、イエナによって止められてしまった。

残念そうな顔をするメイリアと、夕食の決定権を奪われて悔しそうな顔をするイエナ。

ドキドキするからやめて。スラ子が人化する前に陥落してしまいそうで怖い。

【言語理解】と【精霊化】を覚え、積極的なコミュニケーションを取れるようになったアサヒも含め、ヒロイン達はみんな平等に愛《め》でるのが俺のポリシーなのだ。

じいちゃんに、大切な女の子がたくさんできたら全員平等に接してあげなさいって、優しく言われたんだ。

その度に、ばあちゃんはじいちゃんに死ねって言ってたけど。

そんなこんなで畑に到着したので、それぞれが担当の場所に向かう。

「ワタシも、お手伝いできるンデスネ！」

精霊となったアサヒは、俺と一緒にクローバーの増産体制を整えることになった。

これまで見守っていることしかできなかったから、嬉しそうにしている。

「そうだ、アサヒはクローバーに憑依《ひょうい》できる？」

なんとなくそう聞いてみると――。

「ハーイ！　これでいいデスカ？」

――クローバーの一つにスポッと入っていった。そして、ウネウネと動かして憑依ができたことを俺に教えてくれる。

「おお、なら三つ葉のクローバーを四つ葉にするってことは可能なのか？」

「どうでショウカ？　ちょっとやってみマスネ」

俺は農業スキルが及ぶ範囲以外で、植物や作物を操作することはできない。

例えば、葉っぱを増やしたり減らしたりはできなかった。

さらに、四つ葉のクローバーはどうにも扱いが特殊なようで、【品種改変】の項目書き換えで、何度も名前を変えてみたんだけど幸運スキルも女神の加護も得られなかった。

その点、アサヒの持つ【植物魔法】は植物を自由に動かすことができる。

「マスター、ルーザーさんもお喋りシタイみたいデスヨ」

「マジか、ってか俺の言葉が通じてるのか？」

「スベテの植物が、マスターの声を受け取れマス」

「なるほどね。でもワンニャンゼリーはあれでもう最後だったしなあ」

もう販売されてないので、どこかで偶然見つけるまで待ってもらうしかないな……残念だが。

しかし、そう気落ちするなよルーザー。

日本には代用品がたくさんありそうな予感しかしないから。

「ルーザーさんは、いつまデモ待つそうデス」

「いい奴だな、ルーザー」

その圧倒的な火力から、何度も俺達のピンチを救ってくれているルーザー。ほんまもんの救世主やで。

「それデハ、やってみマス」

アサヒはそう言いながら「ウーン」と声に力を込めていた。

単純に四つ葉のクローバーを生み出せないかどうかを試すだけだったのだが、アサヒが何かしらの力を使った瞬間、畑に茂っていたクローバーの一群が光り輝き出した。

「ハウァッッ!!」

ピカーーーーーーーン!!

「うおあああ!?」

アサヒの叫び声とともに、輝きの中からひょっこりと三つ葉のクローバーが顔を出した。

黄金色に輝くその一本はググググッと震え出し、葉っぱを増やし始める。

「お、おい？　四つ葉でいいぞ？　葉っぱは四つでいいからな？　ちょ、もういいってば！」

なんか震えてる……すごく気持ち悪いくらい、葉っぱが震えてる！

「ハァァァァーーーーーーーッッッ!!」

「うわあああああああああああ!!」

瞬間、畑一帯がものすごい輝きに包まれた。

わずかの間をおいて、畑を確認してみるとそこには――。

金色に輝く五つ葉のクローバー。なんだこれ……もう謎すぎて泣きそう。

「ハァハァ……はうあっ……が、頑張りマシタ、マイマスター」

「誰もここまでしろとは言ってねぇ！」

スポンとクローバーから抜け出した精霊状態のアサヒは、とても疲れた様子。

「ま、魔力がもうナイデス」

「え？　どういうこと？　大丈夫か？」

「張り切りスギテ、ワタシの全魔力を使用した結果……マタ一つ、限界を超えてしまったヨウデス」

いや、限界を超えた植物ってなんですかね。

説明が理解できないんですが。

試しにアサヒを鑑定してみると、精霊化状態で六万以上あったＭＰがすっからかんに。

「スミマセン、今日はココマデにしておきマス」

精霊化状態すらままならない様子のアサヒは、そんな言葉を残して垣根の中に戻って行った。

おい、どうすんだよこの金色のクローバー。

とりあえず、鑑定してみるか……。


【品種鑑定】

名前：超五つ葉のクローバー
種族：超シロツメクサ種
年齢：1
発育：超萌芽
調子：超良好
レベル：1
体力：1／1
魔力：1／1

スキル：超幸運、超財運
称号：幸運の加護、スーパークローバー

仰天するってこういうことかと理解するくらいには、驚いていた気がする。

ヤベェ！　もう何もかも通り越してヤベェ!!　と、サークルデビューしたばかりの大学生くらいはしゃいでから――。

「まあ、いいか……もう、なんでも」

賢者モードに突入したことで、俺は冷静になっていた。

アサヒの全魔力をぶち込むことでクローバーが限界を超えて、五つ葉のクローバーになったんだね！　なるほど！

　今までの俺だったら、んなわけねぇだろとツッコミを入れて終わらせていたと思う。

　だが今回は、受け入れざるを得ない。

　だって実際に目の前で起きた現象だから、仕方ないじゃないか。

　前にネットで四つ葉のクローバーの情報を検索した時に出てきたけど、五つ葉のクローバーの花言葉は財運や経済力とかだったはず。

　さりげなくこっちの世界にスキルを合わせてくるのは、なんなんだろう。

　あ、ちなみに本日湧いたモンスターは、ボアピッグという巨大な豚のようなモンスターでした。

　バジリスクでモンスターの強さはリセットされたのか、即座にルーザーに捕まって宙づりにされ、悲鳴をあげていた。

　ボアピッグは、激ウマ食材として有名なモンスターらしい。イエナが血抜きや解体をするから、ハンバーグとステーキを作って夢の肉尽くし晩ごはんにしろと懇願してきたが、今日は夕食の準備の前に試してみたいことがあったので、とりあえず、「はいはい」と聞き流しておいた。

　せっかく、【超幸運】だの【超財運】なんてスキルがついてるクローバーをゲットしたわけなので——。

◇◆◇◆◇

午後からの畑作業を早めに切り上げて、俺はパチンコ屋に車を飛ばした。

そして、適当に台を選んでから一時間……。

めっちゃ出た。というか笑いが止まらなかった。

大勝利ってのは、まさにこういうことなんだなってレベルでの勝ち方。

これが【超幸運】、そして【超財運】か……。

超五つ葉のクローバー、凄すぎる。これはもう家宝にするしかない。

ていうか、代々受け継いでいってほしい。俺まだ童貞だけど。

ウハウハ状態の俺は、そのまま街をふらついて宝くじをいくつか買ってみた。

スクラッチはさすがに目立つと思って一枚だけにしたんだけど、その場で十万円が当たった。

これはもう、なんかヤバイ。嬉しいという感情よりも恐怖が勝《まさ》った。

今度からは地元でやっちゃだめだ。ネットで買うか、二十三区内まで出向いて購入しようと誓った。

若干、後ろめたい気持ちもあるけど、異世界ラノベだと異世界の金貨とか宝石類を日本の質屋に売ったりしてるじゃん。

許される、許されるはずだ、俺は法に触れるようなことはしていない！

……まあ、お金の魔力に取り憑かれなければ大丈夫なはず。

帰り道に寄ったコンビニで、知らず知らず一つ三百円くらいのアイスを人数分買っていたけど……三百円でちょっと使いすぎたかな？　とか思える程度に、俺はまだ庶民感覚を持ち合わせている。

「え、なんだか今日は豪勢ね。西京焼きの他にハンバーグもあるじゃない？」

「えへへ、ボアピッグのハンバーグぅ、うまうま、えへへ、えへへへへへ」

「ああ、まあちょっと……いいことがあって、気分が良かったからな」

美味しそうにご飯を食べるメイリアとイエナの表情を見た俺は、彼女達を絶対に困らせない甲斐性くらいは欲しいと気合を入れ直しつつ、心の中で五つ葉のクローバーに願ってみた。

その結果かどうかは知らんけど、後日とんでもないことが起きてしまったわけだが。

◇◆◇◆◇

「う、うそぉ……」

適当に購入した宝くじを調べてみたら、合計で三千万くらいになっていました。

全てが一等一等一等……同じ会社のやつを買わなくて良かった……。

これは規模のでかい宝くじには手を出さない方が良さそうだな。

テレビとか週刊誌あたりに大挙して押しかけられたら、色々とまずい。宝くじ以前にこのカオス空間をどう説明すればいいんじゃい。

「はあ……頭が痛い」

「どうしたの、ユヅル？」

俺の呟きを耳にしたメイリアが、声をかけてきた。

彼女は研究スペースとして使っている押入れで、トレーディングカードのモンスターを召喚できないか試しているところだった。

うん、できるわけねぇだろ、空想のもんだぞ。でも、それをやりかねないのが異世界クオリティだから、気が気でならない。畑ならまだしも、家の中に得体の知れないモンスターが湧くのは勘弁してくれ。

「幸運補正が俺の良心にダメージを与えるんだよ」

「ああ、この前言ってた宝くじってやつね？　私とイエナの国もそこそこ大きかったから、それなりの頻度でコンテストや大会が開催されて賞金が出ていたけれど、同じようなものよね？」

「いや、そういう実力でもぎ取る賞金じゃなくて、単純にエントリーした人からランダムで選ばれるやつ。くじ引きみたいな」

「あら……機会が平等なのね？　だったらユヅルは嫉妬《しっと》や妬《ねた》み、あるいは村八分を恐れているのかしら？　強盗にも狙われかねないわよ？」

「うぐっ」

ビビリの俺に、彼女の言葉が突き刺さっていく。

「大丈夫。ギリギリのバレない所を攻めて、掠《かす》めとっていく……いい？　これは研究費を獲得するのと同じ。手札はたくさん持っておくものよ？　そして小出し小出しで……」

「わ、わかったから！　耳元で呪文のように囁くなっ！」

「あら、さりげなく禁断の媚薬魔術を使って、そのまま頭の中を私狂いにしようと思ったのに」

「とんでもねぇな！」

ニヤニヤしつつも表面上だけは残念そうにするメイリアは放っておいて、とりあえず畑仕事でもして頭を切り替えようと畑に向かうことにした。

まあ年に一回くらいなら、でかいのを当てて奥多摩の秘境に籠《こ》もれば大丈夫かな。

それにしても、俺の動揺っぷりは自分でも悲しくなる。

滝行《たきぎょう》するなり護摩行《ごまぎょう》するなりして、欲を断つ修行を始めるべきなのかもしれない。


畑に着くと、イエナが困惑した表情を浮かべている。どうやら、畑に得体の知れない何かが湧いたらしい。

「今しがた出現したみたいで……、ルーザーさんもスラ子さんも困惑してて……」

「どういうことだ？」

大概のモンスターならば、ルーザーがパパッと倒してくれるはず。

だが、今回は何もせずにただスライムが群がっているだけだった。

「この反応……普通に人じゃないかな……？」

「今日はまだモンスターが出現していないので……モンスターだと思ったんですが」

イエナと一緒に近づくと、そこには皮と鉄プレートの鎧を身につけた異世界人が横たわっていた。

だが、ひどい有様だ。片足と片腕を失っており、イエナやメイリアとは明らかに状況が違う。

「ぐ……ぅ……」

「良かった、まだ生きてる！」

いかんな……スライム達が傷口にへばりついて止血してくれているが、大きくヘコんだ鉄板が胸に食い込んで、呼吸ができなくなっているらしい。

どうやって処置しようか考えていると、イエナが驚愕の声をあげる。

「これは……、わ、我が家の家紋です！」

「ええっ!?」

今度は俺が驚いた。

鎧に彫られている馬に乗った騎士の紋章《もんしょう》――フロント家の家紋だそうだ――で気づいたようだ。

「そ、その声は……」

兵士はなんとか瞼《まぶた》を開き、イエナに目を向ける。

「……イ……イエ、ナ……様……？」

「そうです！　私です！　あなたの名前は!?　どこの隊の者ですか!?」

イエナがそう尋ねると、その兵士は浅い呼吸をした後、力を振り絞り呟いた。

「……よかった……い、生きて、お、おられたん……です、ね……心配……しまし、た……」

「もう喋らないで！　ユヅル！　ユヅル！　今すぐ霊薬を！　私に使ってくれたあの薬を！」

「わ、わかった！」

すごい剣幕のイエナに俺もハッと我に返る。

慌てて家に戻ってオロエイトや漢方薬、その他、異世界人によく効く薬っぽい物を手当たり次第に掴んで、ダッシュで畑に戻ってきた。いったいどうしたのと、メイリアも後をついてくる。

そして畑に辿り着くと——そこには力なく腕を垂らした兵士と、涙を流しながら彼を強く抱きかかえるイエナの姿。

「あ……」

まさか、嘘だよな。

「ユ、ユヅルが来ました！　早く目を開けて、口を開けて、霊薬を飲むんです！　貴方はまだここで終わるような人間ではないはず！　フロント家の兵士ならば、生きながらえることに執着しなさい！　ほら、目を開けなさい！　目を！　開けるんです！」

「イエナ……」

俺は黙って見守ることしかできなかった。

「ユヅル！　早くその霊薬を——」

異世界人にとんでもない効果をもたらす日本の薬を持ってしても、さすがに死人を蘇らせることはできなかった。

そのボロボロになっていた兵士は、ゼノス＝デッドラインというフロント家最強の兵士だったそうだ。顔も酷く損傷しており当初は判別できなかったが、外した鎧に名前が彫られていた。

イエナが小さかった頃、よく剣術の手ほどきを受けていたそうだ。

その日の畑作業は全て中止。イエナ達の異世界式の埋葬を手伝うことにした。

彼女らによれば、しっかりと火葬しても異世界では教会の定めた聖域以外だと、アンデッドになってしまうという。にもかかわらず教会の聖域に埋葬を許されているのは、騎士爵より上の本物の貴族だけとのこと。なので、一般人は火葬をした後に遺骨を粉々にして高台から撒くそうな。

神のもとへ行けるのは、大いなる功績を残した偉人や英雄のみ。

普通の人びとは『身体は土へ、魂は魔素へ還る』という伝承のもと、その存在すら忘れ去られていくだけ。唇を噛み締めるイエナの横顔を見ていると、なんだか俺も悲しくなった。

「イエナ、今夜はハンバーグにしようと思うんだけど」

「……ありがとう……ございます。優しいですね、ユヅル」

元気のないイエナは、俺の言葉にわずかな笑みを見せるだけだった。

強がっているのがわかる。俺もどうにもいたたまれない気持ちになるが、どうしようもない。

俺はじいちゃんばあちゃんの死に目に会えなかったから、大事な人を看取《みと》り、しっかりと死と向き合う彼女を偉いと思っている。

「イエナは偉いよ」

「……うっ……ユヅル……ちょっと背中をお借りしてもいいですか？」

声が震えていた。

何もできないこんな俺の背中でいいなら、好きなだけ使ってくれ。好きなだけ、何時間でも。

メイリアもイエナの手を握りしめていた。スラ子も傍にいる。

「もう、大丈夫です！　すみません、ユヅルにメイリア。あとスラ子さんもありがとうございます。迷惑をかけてしまいました。それでは開墾作業の続きをしてきます！」

泣き止んだイエナは気丈に振る舞うと、そう言い残して走り去っていった。

「気の利いた言葉もかけれなかったなあ」

俺にできることは彼女の傍にいて、好きな夕食作ってあげるくらいなのかな。

「そんなものよ。私も長寿だからイエナの気持ちはよくわかるわ……」

俺の袖口を握るメイリアも、イエナの悲しみに共感して唇を噛み締めている。

短くも濃い日々を過ごしてきた俺達は、なんだか家族のような絆で結ばれている気がした。

「ユヅル、フロント家は騎士爵から貴族になる可能性が最も高いと噂されるほどの有望株。次代を担う『王国の剣』とも言われているくらいよ。その息女なんだから、イエナは大丈夫」

これくらいでへこたれるほど、イエナは弱くないってことか。

「俺にも力になってやれることがあればいいんだが……なんだか悔しいな」

「私だってそうよ。身近な人の悲しみって、こんなにキツイものなのね」

「……だとしたら、俺達を心配させないよう気丈に振る舞うイエナは、本当に強くていい子だな」

「元からすごくいい子よ。努力家で、頑張り屋で、まっすぐで……私とは大違いね」

……そうだな。うん、すっごくそう思う。爪の垢《あか》を煎《せん》じて飲め。

「何よ、その視線。何が言いたいわけ？」

「なんでもない」

ジト目で俺を睨んでいたメイリアが畑へと視線を移す。

ちなみに兵士を火葬したのは畑の隣。そんで、イエナたっての希望でチート畑に骨を撒いた。

「それより、少し気になるんだけど」

「ん？　何だ？」

「そのフロント家最強の兵士が命を落とすなんて……向こうの世界で何かが起こっている。そんな気がするのよ」

「……やべぇな、今日はモンスターが湧かなかったみたいだし、もしかしたら明日まとめて湧くなんて可能性もあるな。それが、あの兵士を倒した存在かもしれないってことだよな」

「否めないわね。私も、この畑のことをずっと調べてるんだけど、未ださっぱりなのよね……でも、頑張ってみるわ」

メイリアはそう言ってグッと拳を握りしめた。


家に戻り、この事態に色々と思考を巡らせる。

この畑は、良い意味でも悪い意味でも期待を裏切らない。

というより、フラグが折れる気がしないのだ。

唯一、フラグクラッシャーとしての役割を果たすのが、この運命すら捻《ね》じ曲げかねない幸運補正がついた四つ葉のクローバー達。

幸運には頼らないにしても、準備するに越したことはない。

よし、当面の目標はこのクローバーを充実させて、みんなに持たせておくことにしよう。

そうすれば、とんでもないフラグが立っても、どうにか回避できるはず。

あとは戦力増強か……。この先も、よくわからんモンスターを相手にしなきゃならんだろうし、不測の事態も多々あるに違いないからな。

「ダメだなぁ、対策が全く追いつかない」

目の前のプランターに植えてあるマダコンは【品種改変】と【品種改良】のサイクルを経て、かなり成長しているはずなんだが、まだ動き出す気配はない。

戦力増強のために作っているんだけど、まるでダメ。

めちゃくちゃ早熟で巨大な二十日大根でしかない。マダコンの名が廃《すた》れている。

「マイマスター、大丈夫デスカ？」

「ぴきぃー」

頭を掻き毟《むし》る俺を心配してか、精霊状態のアサヒとスラ子が寄ってくる。

「大丈夫じゃないなあ、イエナも心配だし」

「イエナさん、美味しいものに目がないデスカラ、美味しいものを作ってあげて元気を取り戻してもらいマショウ」

「そうだな、ありがとうアサヒ」

「イエイエ」

アサヒの言う通り、美味しいものを食べさせてあげよう。

ふと、時計を見たら、けっこうな時間だった。

そろそろ買い出しに出かけなくては、夕食の時間がかなり遅れてしまう。なんたって、街まで行って帰ってくるだけで、二時間かかるし。

今回は、前々から行きたそうにしていたアサヒを連れて行くことにした。

そのため、小さな鉢に植えたマダコンに憑依してもらう。スラ子も身体を液体化して、鉢植えに入ってもらった。これで傍目《はため》には、鉢植えに水を張っているようにしか見えない。

「スラ子さん、これでワタシ達はただの鉢植えデスネ！」

「ぴき～！」

ははっ、楽しそうだなこいつら。

「マイマスター、抱えるのは大変だと思うノデ、ワタシ飛びマスケド？」

「いや……いいわ。抱えるからちゃんと」

スーパーにはカートがあるから、一緒に載せておけば心配いらないしな。それより、鉢植えが飛んでたらその方が大変だ。俺の心労的な意味で。

「ていうか、喋ったらバレてしまうので大人しくしてくれ」

「ハイ、心得てマス！　楽しみデス！」

アサヒの一丁前な返事を聞きながら、鉢植えを抱えてスーパーへ行く。

適当に回っていると、園芸コーナーの前に人だかりができていた。

チラチラ見ていたら、今月は植物の販売に力を入れている月間だったらしく、売り子のお姉さんにめちゃくちゃ勧められた。

「そこのお兄さん！　とっても良い鉢植え持ってますね！　追加で一つどうですか！」

「ええ……いや、別に鉢植えが趣味ってわけじゃないっていうか、いらないかなぁ？」

「そんな立派な鉢植えを大事そうに持ってるのに⁉」

ごもっともです。

「実はですね、今月は、多肉植物月間なんですよ。珍しい植物を扱っている貴重な時期なんです。ですから今回を逃すと……損するかもしれませんよ！　なんでも聞いてください！　私はいわば園芸のプロなんですよ！」

「ええ……」

めちゃくちゃ押しが強いな、このお姉さん。でもまあ貴重な植物を置いていると言うし、プロだって自負するなら、俺の悩みを解決してくれる可能性がある。

「せ……戦闘力の高い植物って、何がありますかね？」

「え？　せ、戦闘力ですか……？　ええっと……」

さすがにあるわけないか……俺は何を聞いているんだろう。素直に恥ずかしい。なんだよ植物の戦闘力って。

「や、やっぱりなんでもないです」

踵《きびす》を返そうとすると、お姉さんが俺の手を掴んで引き止めた。

「ちょちょちょっと待ったー！　あります！　あるんですよ！　今日入荷したばかりなんですけど、見てください、この真っ赤なフォルム。間違いなく戦闘力が高そうでしょう？　これがお兄さんの欲している戦闘力の高い植物。その名も――」

一度、言葉を溜めたお姉さんが鉢植えを指差し――。

「――ディオネア・マスシプラ！　そう、日本では『赤い竜』と呼ばれるハエトリソウです!!」

「う、うおおおお！」

なんだか俺もテンションが上がって、叫んでしまった。

ハエトリソウ……聞いたことある。ハエや虫を見つけるとパクッと食らいついて、溶かして捕食する食虫植物だったはずだ。

確かに強そうではある。捕食するという一点においてもそうだし、何しろ「赤い竜」なんていう品種名がドラゴンプラントを連想させるしね。

「ハァハァハァ……ど、どうですかお兄さん！　お兄さんのお眼鏡に適《かな》う一品でしたか!?」

荒くなった息を整えながら、真剣な表情で俺の目を見つめる店員のお姉さん。

真剣にチョイスしてくれたので買わせていただこう。ってか、買わなきゃ恨まれそうだし。

「じゃあ、これください」

「え？　い、いいんですか？　や、やったー！　初めて売れたぞー！　わーい！」

衝撃の事実。いや、あんたプロちゃうんかい。

めちゃくちゃ真剣に選んでくれたし、植物にも詳しそうだからベテランなのかなと思ってたんだけど、どうやら新人さんだったみたいです。

あれよあれよという間に会計を済ませ、荷物を車に積んで帰路につく。

「おどろおどろしい植物デスネ！」

車の中でハエトリソウをマジマジと見つめるアサヒとスラ子。

「喋ったり走り回ったりする植物に比べたら、マシだろ」

今のところ、このハエトリソウはいたって普通の植物。

二十日大根に憑依した精霊やスライムに比べたら、まだ常識の範囲内だろうが。

「酷いデス！　人権侵害デス！」

「ぴきぃ～！」

人権なんて難しい言葉、いつ学んだのだろう。


夕食の準備をしていると、身体を泥だらけにしたイエナが帰って来た。

今朝の兵士の一件があってからずっと、開拓作業と称して樹を伐採し引き抜き、大きな石をどかして埋め立てつつ土を耕す作業をしていたようだった。労《ねぎら》ってやりたいと思う俺は、主夫の鑑《かがみ》だな。

さて、そんな冗談はさておいて、イエナには早く元気になって欲しいので大好きなハンバーグと白ご飯を用意した。

気丈に振る舞うイエナはハンバーグを満面の笑みを浮かべて平らげた。よかった、ご飯はちゃんと喉を通るみたい。

「お風呂、先に失礼しますね」

「どーぞ」

「今日は私も一緒に入ろうかしら〜！　スラ子もアサヒも、みんなで一緒に入りましょう〜」

テレビを見ていたスラ子とアサヒを小脇に抱えたメイリアが、そう言いながらイエナの後を追っていった。だが廊下で立ち止まって俺の方を振り向く。

「ユヅルも一緒にどうかしら？」

「お、俺は大丈夫だから！」

嬉しいお誘いだが、断腸の思いで断っておく。

「嫌なの？　すでに身体を知らない仲じゃないのに？」

「ありゃ事故だろうが。っていうか、俺の裸を見たことないだろ、お前は」

そう言い返すとメイリアはクスクス笑っていた。

「そうね、いつか見せてね！」

「軽い気持ちで見せるもんじゃありません！　俺はやることあるから、早く風呂入っちまえ！」

「フフッ……まあ気が向いたらいらっしゃいね」

ニヤニヤしながらメイリアは脱衣所へと向かっていった。

うーむ、さすがは百年以上生きているエルフ、俺なんか子供同然だと思っているのだろうか。

「ったく……百余年も生きていると豪語するのに、なぜ脱衣所で服を脱がない……」

廊下に放置されたメイリアの服を洗濯カゴに入れながら、俺はそのまま縁側へと向かった。

奥多摩秘境の空に輝く満天の星の下、種化したハエトリソウの鉢を眺める。

「よっしゃ、とりあえず弄ってみますか」

せっかくの綺麗な身体ですが、すみません赤い竜さん、弄くり回させてもらいますね。

ネットで調べてみたところ、ハエトリソウはハエなどの虫が止まると、葉をピッタリ閉じて逃げられないようにしてから、溶解液によって溶かし養分にするらしい。

それにしても、真っ赤なボディと鎌首をもたげたドラゴンみたいな姿は「赤い竜」の名に相応《ふさわ》しい。よく見ると、めちゃくちゃかっこいいよな。

「まずは種化して土を入れ替えてみるか」

俺の農業スキルは、神の土壌――チート畑の土――があってこそ本領を発揮するのだ。

神の土壌を入れた鉢植えに、種化したハエトリソウの種を蒔いて魔力を付与する。

その後、改良と改変を施してから【成長調整】を使って、大きく芽吹かせてみた。

【成長調整】はＭＰ１０の固定消費だが、魔力付与とは違い、複数同時に使用できないスキル。

一見すると効率が悪そうにも思えるが、一つの植物に対してＭＰが続く限り何度でも使えるという利点がある。

「未だ、ＭＰが減っていく感覚は慣れないなぁ」

よくあるラノベみたいに、こっちの世界の人間だから異世界人と比べて体力や魔力が多い、みたいなチートは存在しない。

むしろ、俺のMPは異世界の成人男性にしては低いそうだ。

だから【成長調整】なんか数回使えば、もう枯渇《こかつ》する。その特性上、成長を遅らせるには一回で十分だが、限界を超えた成長をさせるためには五回以上スキルを使用しなければならない。

こんな感じで、魔力を使う時の俺はエナジードリンクが手放せなくなっていた。

「身体が異世界に染まり始めてる……怖っ」

もともと魔力減少時のダルさを解消するためにエナジードリンクを飲んでいたのだが、いつの間にか俺までMPが回復するようになっていた。

ちなみに媚薬効果はまだ出ていない。恐らく、ある程度カフェインに耐性があるからだろう。

自分の身体を犠牲にしてがっつりスキルを使ってあげた分、ハエトリソウはスポポポポッと音を立てて元気に芽吹いていく。

「うーん、やっぱ効率は悪いよな」

一応、【品種改良】を使ってみたところ、促進の値は1／5だった。それだけ成長するスピードが遅いということだろう。いや、二十日大根が速いだけか。

「チート畑のMPとか使えないのかね……？　せっかくたくさんあるのに……これじゃ、ハエトリソウが完全に育つ前に、俺がカフェイン中毒になりそうだよ」

そう独り言ちながら、ハエトリソウを強制成長させていく。

農業スキルなら、チート畑の土の魔力も使えた方がいいんだが……。

まあ、物は試しだし、いっちょやってみるか。

スキルによる魔力の使用は、あくまでイメージが大事らしい。

現代日本を生きるムッツリスケベの童貞《おれ》に妄想力で勝てると思うなよ。オリジナル詠唱だ。

「チート畑、チート土、そして、すべての作物よ……さらに、その中に生きている微生物のみんな……ほんのちょっとずつだけ、魔力を分けてくれ……!!」

…………無反応。

「き、貴様らいい加減にしろーッ！　さっさと協力しないかーッ！　農業スキルを持った農業神様の頼みも聞けんというのかーーーッッ!!」

…………俺の叫び声は、奥多摩秘境に吸い込まれていく。孤独な分、余計に悲しかった。

とりあえずふざけるのも大概にして、普通にチート畑から魔力を吸い上げるイメージで【成長調整】を使ってみることにした。

植物なんだから、必要な栄養素は土から吸収してみせろ。俺の魔力はあくまで補助なんだと、念じながら鉢植えに向かって手をかざしてみる。

すると、鉢植えの土と草が光りはじめ……。

次の瞬間、ハエトリソウはメキメキメキメキと恐ろしい音を立てながら、チート畑の土から大量の魔力を吸い上げていく。

「こ、怖ええ！　ＢＢＢＢＢ!!」

心の中でＢボタンを連打するも、キャンセルは無効のようだった。

イメージが大事じゃなかったのかよ！

自然の摂理に逆らい、強制的に成長させられたハエトリソウ。

ネットで見たものよりも、太く大きく凶悪な姿を示すこの植物は大量の魔力を内包し、それがオーラの如く、禍々《まがまが》しく揺らめいている。

もともと赤黒かったボディには返り血を浴びたかのような色の筋が浮かび上がっており、捕食用の葉身《ようしん》も月光を浴びて鈍《にぶ》く輝いている。

この時点での大きさは、買った時の約三倍。

うん、育ちすぎ。

「……こ、ここは？」

「え？」

ん？　今、喋ったのはいったい誰だい？

どう考えても、目の前の植物しかあり得ないが。

「わ、私はいったい……？　それに、こ、ここは……？　む？　貴様は誰だっ!?」

俺の目の前にあるハエトリソウが驚愕の声を上げながら大きく葉を開き、威嚇《いかく》のポーズ（？）をとる。

……どうなってんだよ、説明してくれよ、農業スキル……。

【品種鑑定】

名前：ゼノス＝デッドライン
種族：ディオネア・マスシプラ種
年齢：1歳
発育：成熟
調子：良好
レベル：1
体力：1000／1000
魔力：1000／1000
スキル：不滅の魂、戦術上級、超回復、植物属性
称号：赤い竜、黄泉《よみ》帰り、気高《けだか》き精神、不死身、生きるアンデッド

この当社比三倍の赤い竜、ディオネア・マスシプラはなんと名前持ちだった。

ゼノス＝デッドライン？　いったいどういうことだってばよ？

鑑定結果だと、フロント家の兵士の名前になっているんですけど。

とりあえず、喋れるみたいなので色々と聞いてみる。

「記憶はあるか？」

「……いきなり何を言うかと思えば当然だ。烈火のフロント家私兵団第四番隊隊長、ゼノス＝デッ

ドライン。ふむ、お嬢様をお救いし、魔人を討伐するために狩猟エリアに入ったんだが……む？　お、思い出せん……そこからの記憶が霞がかっている……そ、そうだ、確かに私は魔人の反撃に遭《あ》い……」

ウウッと呻き声をあげつつ、頭を抱えるように葉身を揺らすゼノス。

俺もその気持ちはわかるよ。一度臨死体験をした組として。すっごい霞むよね、記憶。

「――そうだ」

ひたすら葉身を揺らしていたゼノスがピタリと止まり、重々しい声で呟いた。

「私は……死んだのだ」

確定。この喋りだしたハエトリソウは、フロント家の兵士、ゼノス。

しかし、なんだって今朝死んだ人間が、ハエトリソウとして蘇ってしまったのだろうか。

その原因を考察していて、自《おの》ずと異世界の宗教観というか、死生観に思い至った。

確か……向こうの世界だと、死亡した身体は土に還り、魂は魔素と溶けあって世界の一部になるとされていたはず。

チート畑は、魔力を大量に持つ。そして昼前にこのゼノスの遺骨を砕いて、畑に撒いていた。

はい、どう考えてもフラグです。

そんな畑の土から、魔力を大量に吸い上げて強制的に成長させられたハエトリソウ。

魔素中毒に陥って、エナジードリンクと漢方薬の強制摂取によってドライアド化したアサヒと状況がほぼ同じ。

「……私は、死んだはずなのだが……？　これはいったいどういうことだ？」

そう呟くゼノス。

いったい何が？　どういうことだ？　俺も知りたいわ。

それを解明してくれる人はいないので、独自解釈で無理やり納得するしかない。

鑑定結果に鑑みるに、ゼノスの記憶が残っている要因として考えられるのは、【不滅の魂】というスキルなのだろう。恐らく、死んだ後も魂が魔素と一体化せずに彼のものとして残った。んで、魔素と一緒に吸い込まれたことで、ハエトリソウに乗り移ったってとこか。

確かアンデッドが魔人になる時に、未練が云々てメイリアが言っていたしな。

……くそっ、誰か説明書をくれ。マニュアルが必要だ。

「そ、その声は……」

頭を悩ませていると、お風呂上がりのイエナが驚愕の色を浮かべ、バタバタと走って来た。

「……お、お嬢様……？　ご、ご無事であられましたか！」

「いったいどういうことですか⁉　なぜ、ゼノスの声がこの植物から⁉　教えてください！」

イエナが俺の肩を両手で掴んで揺さぶる。

「アワワワワ！　ちょっとお前の馬鹿力でガチで揺さぶらないでくれ、ってかイエナ！　風呂上がりに俺のトランクスを穿いてタオル一丁で過ごすなって何度言ったらわかるんだ！」

「ハッ！　最近暑いもので、つい……このトランクスというものは圧迫感がなくて非常に着心地がいいのです……それに大事な部分は隠れてますよ！」

隠れているのは下だけだろうが。上も隠してくれ、上も。

「もしや、メイリアがイエナに余計なことを……？」

「まさか？　私はイエナを焚《た》きつけて、少し奇をてらった格好の微エロ萌えを意識してユヅルの隣に行けば、堅牢《けんろう》なる精神を持つユヅルであっても、今のイエナに気を使って優しく布団で慰めてくれるだなんて……言ってないわよ？」

「語るに落ちとるわ！　なんてことしてくれてんだ！」

一緒に風呂に入って慰めてあげているかと思いきや、とんでもない作戦会議が開かれていた。

「貴様！　どこの馬の骨とも知らん奴が！　お嬢様の柔肌を見るなぞ……あってはならんことだぞ！　第四番隊隊長のゼノス＝デッドラインが叩き斬ってやる！　……む？　あれ、おかしいぞ、なぜか貴様に攻撃を加えようとすると身体が動かん。というか、すごく崇拝したい気持ちになる……なんだこれは、なんだこれはあああああッッ!!」

「わお、あの不死身のゼノスを植物にして従えるなんて……農業スキルって本当に素晴らしいのね。さすが伝説級だわ」

「お前らうるせぇー！　話が進まないからちょっと黙ってて！」

近所迷惑だろ！　と叫ぼうとしたけど、ご近所さんはいなかった。

騎士爵の中でも、最も勢いのあるフロント家。その中でも私兵団第四番隊はフロント家において不滅の切り込み隊として恐れられていたそうな。

とりわけ、『不死身のゼノス』と呼ばれていたゼノス＝デッドラインは、数多《あまた》の窮地をくぐり抜け、敗戦濃厚な戦場をひっくり返して来た傑物《けつぶつ》だという。

「とにかく！　生きてて……いえ、この場合なんと言えばいいのかわかりませんが、ゼノス！　とにかくよかった……ッッ！」

風呂上がりのイエナはジャージに着替えて戻ってくると、小さな鉢植えに目一杯育ったハエトリソウを抱きかかえて嬉し涙を流していた。

「わ、私は！　抱きかかえられるほどのことは何も！　お、お嬢様！」

「いいんです……どんな形であれ……こうしてまた再び蘇ったのですから……」

「お、お嬢様……ありがたき、ありがたきお言葉です……」

ポロポロと溢れるイエナの涙を浴びて、ゼノスの身体はしおしおと小さくなっていった。

これが人間のゼノスだったら、すっごく感動的な場面だ。でもハエトリソウの鉢を抱きかかえて涙を流してるだけなので、なんともいえない気持ちになった。

「『不死身のゼノス』って私でも知っているくらいの豪傑よ。なぜ、そんな人が死にかけるほどの……いえ、実際に死ぬほどの大怪我を負っちゃったわけ？」

ちゃぶ台の真ん中に、身体を小さくさせたゼノスの鉢植えを置くと、メイリアが話を切り出した。

確かに、由々《ゆゆ》しき事態なのだ。【不滅の魂】なんてチート級のスキルで、死んでも蘇るほどの男を打ち破る何かが身近に迫っている。

「そうですね……武勲だけでいえばすでに準英雄クラスのゼノス。生半可なモンスターに討ち取られるほど、弱くはありません」

イエナとメイリアの言葉に、ゼノスは頷くように葉身を動かしながら返答する。

「第一級狩猟エリアに魔人が出没し、討伐隊が組織されたのです。出現したばかりの魔人ならば、討ち取るのはそう難しくないと思っていましたが、まさか返り討ちにされてしまうとは……。それにしても、まさか魔人の被害者とされていたメイリア殿までこの地にいらっしゃるとは、にわかには信じがたい事実でありますな」

「面識あるのか？」

「そこいらのヒヨッコが私にタメ口を――」

「ゼノス！　ユヅルにそんな口をきいてはいけません！」

話が進まない……。俺が口を挟むのもその一因ではあるけど、どうにもこうにもうまくいかん。

このゼノス、明らかに俺とイエナの関係が気にくわないみたいで、俺に対して声を荒らげる。

まあ自分の仕えていた主人の娘が、どこぞの馬の骨ともわからん俺に、素肌を晒していたわけだし。気持ちはわからんでもない。一応、俺はちゃんと服を身につけてとお叱りしているんだけどな。

「まあ、一度死んでしまった私が植物として復活できたのは君のおかげだからな……向ヶ丘ユヅル。これからは、君が私のマスターだ」

「ああ、うん。よろしくね」

農業スキルの効果で、植物や作物は基本的に、俺の言うことを聞く。今や植物であるゼノスも同様に従順な姿勢をとるのだが、なぜかイエナ関連のこととなると、途端に態度が変わる。【不滅の魂】あたりが、農業スキルの強制力に抵抗しているのだろう。

話を早く進めたいのに、イエナのこととなるといちいちうるさかった。もう、さようなら人生なんだから大人しく俺の言うことを聞いてくれよ。

「やっぱり私もイエナと同じく、王都では死亡した扱いになってるのね？」

「当主様や私を含め、皆が一様にお嬢様の生存を願い、信じておりました。それゆえに今回の第一級狩猟エリアにおける魔人討伐はフロント家の私兵団が率先して引き受け、そして同時にお嬢様の捜査にも尽力していたわけです」

「そんなにしてまで……ありがとうございます……ですが――」

イエナがゼノスの言葉にほろりと涙を流しながら、言葉を続ける。

「ですが……私の騎士道は全て、このユヅルに捧げると決めました。一生を通してユヅルを守るために尽力すると誓いましたので、今更フロント家に戻ることは是としません」

「……お嬢様……ご立派になられて……」

キリッとした表情で言い放ったイエナに、ゼノスが葉身の隙間から溶解液を涙の如く流していた。

「ねぇ？　イエナだけ？　私は？　私の捜索隊とか出てないのかしら？」

メイリアの言葉をスルーして、ゼノスが俺の方に葉身を向けた。

「お嬢様がそう決めたのなら、このゼノス＝デッドライン、それを応援しないわけにはいかぬ――向ケ丘ユヅ、マイマスター！　む⁉　向ケ丘ユ……マス……くっ、くるぁぁぁぁ！‼」

スキルの強制力によって無理やりマイマスターと言わされることに、ゼノスは必死に抵抗していた。意地でもマイマスターと呼びたくないのだろう。

「言いたいことはわかるから無理すんなよ」

「マイマスター……お嬢様が騎士道を捧げてくださるのだから……君も然《しか》るべき主人となるべく、立派に励むことを約束しろ！　誓え！　粗相《そそう》のないようにな！」

「あ、はい」

「こら！　真剣に聞いているのか!?」

「聞いてるよ」

「全く最近の若者は……」

なんだか面倒なお目付役が生まれてしまったなあ、どうしよう。

──でもまあ、イエナの表情を見ればそんなのどうでもいいか。

俺とゼノスのやり取りを見てクスクス笑うイエナは、やっと本調子に戻ったように思えた。湿っぽいのは俺も性《しょう》に合わんから、これでよかったんだ。うん、よかった。

「ねぇ、結局私って王都でどういう扱いなの？　死亡扱いよね？　そのまま研究の引き継ぎとかないのかしら？　放置？　ねぇ放置!?　ねぇってば──」

第六章　異世界ゲートが開いたんだが

ゼノスがやってきてからというもの、畑の様子は随分と変わってしまった。いったいどういう風に変わったのかというと……。

「ウボァァアアア！」

「ウバァァーーーー！」

……畑にゾンビがめちゃくちゃ湧くんだが。

今までが平和に感じてしまうほど、毎日毎日毎日ゾンビゾンビゾンビゾンビ。

たまに兵士や冒険者の死体が湧き、それに群がり貪るゾンビ。

「……ゾンビもそうだが……兵士の死体が……ひどいな」

畑にとんでもない腐臭《ふしゅう》が広がっている。そして血で染まりゆく奥多摩の山中。

なんだこれ、ホラー世界にトリップでもしたのか。

こんなところにいられるか！　俺は逃げる！　的なことを言ってフラグを立てるのもアホらしいので、湧いたらルーザーに速攻で倒してもらいつつ、普通の死体ごとスライム達に処理してもらっているわけだが、いつのまにか追いつかないほどの量になっていた。

一体が二体に、二体が四体に、四体が八体にと、一日経つごとに二倍に増えていく。

「こんなことなら魔王だのドラゴンだのが来てくれた方がよかった……」

「マスターユヅル、そういうことはあまり口にしない方がいい」

「ソウですネ、クチは禍《わざわい》のもとデス」

俺の呟きにイエナが抱えていたゼノスと俺の肩に座るアサヒが反応する。

「ふむ、そういう言い方があるのか。どこの国にも忌言葉《いみことば》があるのだな。言葉のあるところでは、やはり言霊という考え方は共通しているのだろうか？　……うーむ、それにしても……」

近づいてきた羽虫を捕食しつつ話していたゼノスが、なぜか唸りだした。

「いきなりどうした？」

「食べ物に困って虫を食ったことは何度もあるが、植物になってからも、味が大して変わらんなあと……」

味覚あるのかよ。ってか別に今話さなくてもよくないか？　本当にどうでもいい情報なんだけど。イエナもそうだが、フロント家の人って食べ物の話題が好きなんだろうか。

「む⁉　あの鎧……王国騎士団のものではないか？　お嬢様、もう少し近くへ寄っていただけませんか？」

「わかりました」

ゼノスはイエナに頼んで、死屍累々《ししるいるい》の中へと連れて行ってもらう。

「やはり間違いない。これは王国騎士に支給される鎧ですね？　お嬢様」

「ええ……私に支給された鎧と同じです。胸に騎士団の紋章がついてますし」

ゼノスとイエナの声色がどんどん真剣味を増していく。

ゾンビが湧く程度であれば、狩猟エリアでモンスターに襲われアンデッド化した哀れな冒険者ということで片がつく。

だが、この状況だ。ゾンビに混じって様々な死体が湧いてくる。

さらに、日増しに鎧を身につけた死体の数が増えている。

端的に言えば——異世界がやばい。

「ゼノスは魔人にやられたんだよな？」

「そうなるな。私達、四番隊は隊列を組んで狩猟エリアへと侵入した。そしてお嬢様を捜索している途中、魔人の襲撃を受けて壊滅した」

そんなゼノスの話を聞いていたメイリアが顎に手を当て少し考え込んだ後、疑問点をあげる。

「私も魔人を追って森へ行ったの。まあ……護衛付きとはいえ、私達みたいな研究隊が派遣されるくらいだし、その魔人の力は大したことなかったはずよ。だから……これは推測だけど、私が追っていた奴とゼノスが遭遇した奴は別の魔人って可能性もあるわね」

「だが……メイリア殿は追っていた魔人にやられたのだろう？」

ゼノスの凍えるようなその言葉で、メイリアは押し黙った。

「倒すことよりも、捜査や研究で後手後手に回った結果がこれってことね」

「うむ……私も、もう少しで討ち倒せたのだが。まあ殺されてから何を言っても遅いか……魔人は戦いの中で成長する。私との死闘を経て、かなり手強くなっているだろう」

……敵を強くしてどうするんだよ、ゼノス。

「そういえば、第一級狩猟エリアにいた名前持ちのドラゴンプラントがいなくなってしまったんだ。そのため、森の生態系が著しく乱れていることも考慮した方がいい。まさか、あの魔人程度の力でドラゴンプラントを倒せるとも思えんのだが……」

「え？　ドラゴンプラント？」

まさか、ウチのルーザーだったりして……。まあ……そうだとしても、今はみんなには言わないでおこう。森の生態系を狂わせた張本人として恨まれかねない。

「第一級狩猟エリアにいたドラゴンプラントは、確か……ルーラーという名前で十五年ほど前に出現し、森の一帯を治めていたんだ。ドラゴンプラントは付近にいるモンスターを捕食するので、人里に侵入してくるモンスターを減らしてくれる。たまたま都市を一つ潰した個体がいて、その恐怖が語り継がれているが、奴の恩恵を受けていた人々も多く、『森の王者』なんて呼ばれているくらいだ」

「うーん、そうだったのね。研究の虫だったから知らなかったわ」

「私も知りませんでした」

イエナとメイリアはゼノスの話を聞き、そんな感想を漏らしていた。

「へぇ～ドラゴンプラントって、そんなに重要な役割してるんだねぇ～」

とりあえず、話を合わせておくことにした。

「大丈夫？　ユヅルって理解が追いついてない時はいつも適当になるわよね？」

どうやらメイリアは、お見通しだったようだ。

「マスターユヅルは農業スキルを持つ新しい神であるとお嬢様から聞いた。ならば、もう少しシャキッとした方がいい。なにより、風格が足らん！　もっと鍛えろ！」

二十五歳のニートに風格もクソもあるか。

それに、いかに生前がすごい兵士だったとしても、今のゼノスはただのハエトリソウ。

そんな姿で語られてもなあ……。本当にシリアスが息してない。言葉に合わせてクネクネ動くので、俺には、百均とかにある音に反応して踊る草の玩具にしか見えない。

「それにしても、このドラゴンプラントもなかなか良い風格をお持ちなようだ。なになに？　名前はルーザー？　おお、ルーラーと似た名前なのだな……奴が森の王ならば、ルーザー殿は森の女王に相応しい！」

「え？　女王？」

ゼノスの一言に、俺とイエナ、そしてメイリアのセリフが綺麗にハモった。スラ子とアサヒは落ち着いているので、知っていたみたいだ。

「なっ！　ルーザー殿はれっきとした女性。まさかマスターユヅル、騎士道のみならず紳士の嗜《たしな》みまで忘れたとは……失礼極まりないな！」

「植物に性別があるなんて普通思わないだろ……」

ってか、自家受粉できるんだから、性別もへったくれもないと思うのだが。

「多分、精神的な性別ではナイカト思われマス」

ルーザーと同じような存在のアサヒが補足してくれる。

「そうなのか？　ってかアサヒは妖精の姿をしているから、一応雌だってことでイメージがついてるんだが、本当は違うのか？」

「精霊は基本的に美少女の姿をしていマス」

この精霊、自分で自分のことを美少女だとサラッと言いやがった。

アサヒ曰く、基本的に性別がない植物であっても、意思を持つと雌雄の違いが生じるらしい。

「ワタシは、雌雄異株《しゆういしゆ》デスカラ……元々性別がありますケドネ」

イヌツゲは雌雄異株だから、身も心も女ですってか？　……あっそう。

「神のもとには天女が集まると言いますし、もしかしたらユヅルの使徒である植物は、一様に女性としてこの世に生み出されるのでは？　ゼノスみたいな例外を除いてですが」

「――全自動ハーレム！」

イエナの言葉にメイリアがハッと気づいたように叫んでいた。全自動って、俺はハーレム生産工場か何かか？　さっそく工場紹介のテレビ番組で覚えた単語を使いよるわ、こいつ。

そんな会話をしていると、ルーザーが蔓で俺の頬を突いてくるので撫で返しておく。

「……む？　マスターユヅルはだいぶ愛されているな」

その様子を見ていたゼノスが呟いた。

「食べてしまいたいくらいだそうだ」

「はぃぃぃぃいいいいいいっっっ!?」

飛び退く俺を見て、ルーザーは戸惑いながら悲しそうな仕草で葉を揺らす。

振り返ると、サイテーな男を見るような視線の集中砲火を受けた。

「ユヅル……さすがに、飛び退くのはダメです。かわいそうです」

「私だったらショック過ぎて、どこぞの馬の骨とも知らない男に抱かれに行くレベルよ」

イエナとメイリアは、明らかにドン引きした様子でこちらを見ている。

「マイマスター……ルーザーさん、傷ついてマス」

「貴様ぁっ！　マスターユヅル！　ルーザー殿を泣かせたことは万死に値する！」

喋れる植物組まで俺を批難しはじめた。

仕方ねーだろ！　俺にはモンスターにしか見えないんだし！

「とにかく！　そういうことじゃなくてだな！　まずは、この畑の状況をなんとかしないと！」

ルーザーの葉身を撫で回しながら、俺は話題をすり替えることにした。

死体処理班としてスライム達が頑張ってくれているものの、とてもじゃないが手が足りていない。

異世界組はこの光景や臭いにある程度、慣れているのかもしれない。だが、俺はただの一般ピープル、そもそもグロ耐性もそんなに高くない。さっきから我慢してるけど、正直、めちゃくちゃ胃酸がリバースしており、口の中が酸っぱいんだ。

目を背けたい、現実逃避したい。

でも、じいちゃんとばあちゃんが残してくれたこの畑を汚したくないので、気合を入れて立ち向かわなければ。

話を整理する。この状況を少しでも改善するには、いい加減モンスターや異世界人がどうやって畑に湧くのかを明らかにしないといけないわけだ。

「ずっと畑の近くで開墾作業などをしていましたが、あまり変わったことはなかったですよ？」

「モンスターが湧くところを見たりしてないのか？」

「ほとんどが、ユヅルとともに早朝の畑へ向かってから遭遇したので……出現した瞬間っていうのはないですね」

「うーん……一日通しで、待ってみるしかないのだろうか？」

とりあえず、この中でもっとも畑で作業しているイエナに何か知らないか尋ねてみたが、ダメだった。ついでに、メイリアやゼノスにも、こちらに訪れた状況を聞いてみるが、各々がほぼ死にかけの状態だったので、覚えていないようだ。

「私も色々と自分の記憶を辿ったり、畑について調べたりしてみたんだけど、決定的な瞬間は見ていないのよねえ。ただ……………」

以前から、調査と解明を行っていたメイリアが、私の出番ねという感じでみんなの前に躍り出た。

「メイリアはこっちに来た時わりと余裕そうだったから、ちょっとは期待してたんだけどな」

あの時は頭がスパークしていたから、もしかしたら、という程度だけど。

ちなみに、メイリアはイエナやゼノスみたいに死にかけていたのではなく、単純に衰弱していただけだったようだ。

「人が喋ってる途中で口を挟まないで」

「あ、はい」

怒られてしまった。メイリアさんは真面目モードだと怖い。

「話の続きだけど、私達の他に確実に見ている者がいるわよ」

そう言って、メイリアはルーザーとスラ子を指差した。

「この子達は、これまで出現したモンスターの全てを見ているはず。さらにルーザーは畑に常駐組だから、どうやってモンスターが出現するかを事細かく覚えているに違いないわ！」

確かに。それに今なら、ゼノスやアサヒに通訳してもらえるので、意思疎通もできる。これなら、モンスターが湧くポイントを見つけることが可能かな。

「スラ子、何か覚えてないか？」

「ぴきぃー！」

スラ子に尋ねるとプルプル震えながら畑を抜けて行き、ある一箇所で飛び跳ねていた。そして、ご丁寧にスライム達を総動員して矢印マークを作り、そのポイントを指し示してくれる。

「……器用だな」

そこまでやる必要はないのだが……とにかく、わかりやすくしてくれたのはありがたい。

「……ビンゴね」

そう呟いたメイリアの視線の先に目を向けると、ルーザーの蔓がスラ子と同じところを指している。スラ子に倣《なら》って蔓で矢印マークを作ろうとするが、なかなかうまくいかないようだ。

「普通に示してくれればいいよ……。うん、ありがとう。なんだかんだ頑張り屋さんだよね、ルーザーも。俺、嬉しいよ、ありがとう」

先ほど傷つけてしまったので、ツッコミもほどほどに優しくしておく。

「ここが……出現するポイントですか……？」

イエナの困惑した声。

モンスター組が場所を指し示してくれたのはいいが、何度見てもそこは何もないただの畑である。

「何もないな」

「エルフであるメイリアさんは、【魔力視】を持っていましたよね？」

イエナがそう尋ねるが、メイリアは首を横に振った。

「あるけど、畑の魔力が凄まじくてボヤケてしまうのよ。この辺一帯は、濃密な魔素で覆い尽くされていて、魔力探知犬でも連れてこない限り、特定のポイントを探り当てるなんて無理よ」

魔力との親和性が高いエルフは、【魔力視】と呼ばれる魔素などを可視化する能力を持っているんだと。研究スキルに【魔力視】、メイリアは天から二物を与えられているなあ。さらに顔も美人で、三物与えられているようなものか。しかしながら、性格と嗜好《しこう》がアレすぎて、結局のところマイナスに振り切れているから、神様はもったいないことをしてくれたもんだ。

「うーん……私には判別できないけれど、精霊であるアサヒなら見つけられるんじゃないかしら？」

「そうなのか？」

俺の肩にちょこんと座っているアサヒに尋ねてみた。

「ウーン、精霊になりたてナノデ、わかるかどうか心配デス」

そう言いつつ、アサヒが俺の肩からふわりと飛び上がると、スラ子とルーザーの指し示した空間を調べ始める。そして何かを見つけたのか、ピタッと動きを止めた。

「オ？　綻《ほころ》びのようなものが薄っすらと見えマスネ」

そう言いつつ、俺の視線の先で空間を殴ったり蹴ったりしはじめた。

「これは……いったい何でショウカ？」

「おいおい、あんまりそういうのって刺激しない方がいいんじゃないか？」

「精霊であるワタシなら、こじ開けられそうデス！」

「やめろっつーに！」

アサヒがシャッターを開くみたいに手を下から上にあげた瞬間、空間がピキピキと裂けはじめ、その隙間から光が溢れ出した。

「——うおっ!!」

裂け目から触手のようなものが出現したかと思った瞬間、一斉に俺の方に触手が襲いかかってきた。

ルーザーがギリギリのところで庇《かば》ってくれたので、事なきを得たが、触手は俺の目の前で激しく絡み合っている。

「いったいなんなんだ？」

視線は自ずと触手が出現した空間へ。裂け目の光は徐々に薄れていき――。

「これは……冗談だろ？」

「現実よ。景観は大きく変わっているみたいだけど、懐かしい魔素を感じるわ……」

目の前の景色に呆然としてた俺に、メイリアが現実を叩きつけた。

――初めての異世界。自然豊かで穏やかな世界だと勝手に思っていたんだが、俺の目の前に広がる光景は地獄そのものだった。

「ここは……第一級狩猟エリア……なんでしょうか？　それにしては……森が……朽ちている？」

イエナの言葉通り、木々は腐り果て、あたりに腐臭が漂っていた。

「これは、酷いデス」

アサヒも、苦り切った表情を浮かべている。

植物と意思疎通できるアサヒに、この光景はどのように映ったのだろうか。

「……似ている」

ポツリとゼノスが呟いた。

「ん？」

「以前、モンスター討伐の遠征に出向いた際に、目撃した光景と同じだ。規模はこれよりも小さかったが……そこもアンデッドが闊歩《かっぽ》しており、辺り一帯の森の腐食が進み植物が死滅してしまっていた」

「ああ、姉妹都市エイノラに出現したアンデッドワイバーンの事件ね？」

ゼノスの言葉にメイリアが反応する。

「ご存知だったか、メイリア殿」

「当時、そのモンスターの研究チームとして参加したからね。存在するだけで、周囲を腐らせる危険なモンスターだったから記憶にも残っていたし。森の大規模な腐食の原因はわからなかったけどね」

メイリア曰く、アンデッドワイバーンはアンデッド系の高位モンスターである死霊王や死霊騎士でも持ち合わせていない、強力な腐食能力を有していたとのこと。

その恐ろしさは、腐食能力が生物の身体にまで及ぶ点らしく、メイリア以外の研究チームのメンバーは近づくことすらままならず、何もできなかったらしい。

そのため、森一帯の腐食原因は謎のまま。

一応、考察の結果としては自我をなくしたアンデッドワイバーンが、見境なく腐食ブレスを撒き散らしたことが原因ではないかとされたそうだが、メイリアはワイバーン程度のブレスで森一帯が壊滅するはずがないと疑問視している。

「そもそも、アンデッドワイバーンなんか、そこまで珍しくないのよ。ワイバーンの死骸が放置されれば勝手にアンデッド化するんだもの。それよりも、類を見ない範囲で腐食が生じたことの方が不可解なの。それが研究チームが派遣された理由だし。実際に戦地に赴《おもむ》いた不死身さんの意見はどういう感じかしら？」

メイリアがゼノスにそう尋ねると、ゼノスも葉身を首の様に捻りながら答える。

「それが……私も色々と不可解なままだったんだ。私達がアンデッドワイバーンに遭遇した時、そいつはすでに力尽きており、しかも争った形跡《けいせき》すらなかったのでな」

ゼノスが派遣される際も、当初は単なるモンスター討伐だと言われていたらしい。しかし、蓋を開けてみれば、腐食した森にアンデッドワイバーンがいたとのこと。

「メイリア殿は自我を失ったと言っていたが、私にはもがき苦しんで暴れまわっているように思えた。身体中に木が突き刺さっていたからな」

「それは初耳ね……」

「うむ。研究チームに引き渡す時はすでに、かなり死骸の腐敗が進行しており、めちゃくちゃな状態だったのでな」

結局、その森は立ち入り禁止とされたようだ。未だ、あちこちが腐食しており、森の回復に手間取っているらしい。

腐食の影響が……土にまで影響しているのだろうか。いい感じで腐葉土にでもなるんだとしたら、栄養満点の土ができると思うのだが。とはいえ、土の中にいる微生物とかまで死んでしまうとなると、そういうわけにはいかんのかな。

農業スキルしかない俺にとっては、正直恐ろしい話だな、なんて考え込んでいた時――。

「ユヅル!!」

――何かに身体を掴まれる感覚がしたと同時に、異世界の裂け目に引きずり込まれていた。

◇◆◇◆◇

自分の身体を確認すると、足と腰に脈打つ触手が巻きついていた。

「う、うわあああああああ!!」

そのまま地面に叩きつけられるかと思った瞬間、懐からスラ子が飛び出した。

「スラ子!?」

「ぴきぃーーーーーー!!」

どうやら引きずり込まれる直前に俺の懐に潜り込んでいたらしい。

スラ子は身体を大きく膨張《ぼうちょう》させると俺の身体をすっぽり包み込んで、緩衝材《かんしょうざい》となってくれた。

「う、ぐっ……!!」

かなりの衝撃に襲われたが、即死を免《まぬが》れただけでもありがたい。

「ふぅ……うっぷっ！　くさっ」

凄まじい臭いが鼻を襲うと同時に農業スキルが発動し、土が死んでいることを教えてくれた。

「ユヅル！　大丈夫ですか!?」

「うっ、酷い腐臭と瘴気《しょうき》ね」

ゼノスを抱えたイエナと、肩にアサヒを乗せたメイリアが裂け目を抜けて、駆け寄って来る。

ルーザーはサイズが大きいので、さすがに無理なようだ。

「大丈夫、スラ子がいてくれて助かった！」

「ぴきぃ！」

誇らしげに飛び跳ねるスラ子をいつも以上に撫で回す。

「うーむ……この規模は、やはり異常だ」

ゼノスが周りを見渡しながら呟く。どうやらエイノラの時とは比べ物にならないらしい。

「空まで瘴気に覆われているわね……」

メイリアの言葉を聞いて空を見上げると、スモッグのような何かが太陽の光を遮《さえぎ》っていた。

「——みなさん！」

イエナが叫びながら、俺達を弾き飛ばすとともにメイリアにゼノスを投げる。そして、剣を抜き放った瞬間——。

——ドグシャッ!!

俺達が立っていた地点には何本もの巨大な触手が襲いかかり、土煙が立ち込めていた。

「イエナ！」

「——大丈夫です」

僅かの間をおいて、土埃《つちぼこり》にまみれたイエナが顔を出す。全くの無傷であった。

一方の触手はイエナによって切り刻まれ、ビクビクとのたうち回っている。凄いな、イエナ。

「お嬢様！　また腕を上げられましたね」

ゼノスが感嘆の声を漏らす。

「私、ラジオ体操は皆勤賞ですし、それに——」

そう言いつつ、新たに出現した触手に向かって飛び出していく。

「山を駆け回り自然とともに鍛錬し、上質な食事で魔力を醸成《じょうせい》してきた私は、そのへんの騎士とは違う柔軟な身体と魔力を身につけたのです！　ハァッ！」

その身に風の魔術を纏い跳躍し、剣を振るう度に触手を切り刻んでいく。

【風魔術】での【身体強化】のみならず、風を剣に付与している……さすがはフロント家ね」

イエナの戦いっぷりを見て、メイリアが感嘆の声をあげていた。

「二度と……ユヅルには手を出させません！」

それは初めて見るイエナの本気だった。

一方、触手もイエナの強さに応じるようにその数が増えていく。

「くっ！」

「援護に回るわよ！　スラ子！　アサヒ！」

イエナの顔に疲労の色が滲み出てきたのを確認したメイリアが、スラ子とアサヒに指示を出しつつ、イエナの援護に向かう。

ちなみにゼノスは俺のところに回ってきた。

「つくづく、戦闘では使い物にならんよな、俺ら」

なんだって我が家の女性陣はこんなに強いのだろうか。

「何を言っているんだ？　マスターユヅル――バクンッ！」

突如、後ろから襲いかかってきた触手を、ゼノスが身体を巨大化させて食い破った。

「私が手渡されたのは、このようにマスターユヅルを守護するためだぞ。正直、あまり乗り気では無いが……お嬢様の意思を尊重して、このゼノスが君を守り抜く」

なんとまあ。使い物にならないのは俺だけだったみたい。

「キリがないわね！」

倒しても倒しても数が一向に減らない触手に、メイリアがイライラしながらそう叫んだ。

エルフらしく正攻法の魔術を用いて蹴散らしていく。

「本体を狙います！」

メイリアの魔術に合わせ、イエナが飛び上がり触手の根元に狙いを定めた。

そして、どういう理屈かは不明だが、空中を舞いながら凄まじい速さで敵に迫っていく。

「なんだあれ……？　イエナはいつの間に空を飛べるようになったんだ……？」

「マスターユヅル、お嬢様は足に【風魔術】を付与して大気を蹴りつけているのだ。ああ、お嬢様……お強くなられて」

俺に抱えられたゼノスが、葉身から溶解液を流しながら言葉を続ける。

「もともと剣術の才能や、優れた戦闘勘については他の兄弟の方々よりも、一つ上をいっていましたからなあ……ああ、思い出します！　お嬢様を乗せてお馬さんごっこをしていたら、いつの間にか絞め技を決められていたあの日のことを……」

ど、どういうことなんだ、ゼノス⁉

ゼノスの発言も気になるが、ここは戦いに集中しよう。

イエナが剣の切っ先を触手の根本に向け、凄まじい速さで突進する。

「私が一番槍だ――」

――ドバァッ！

まるで岩盤がめくれあがったかのように、土砂が空中へと巻き上がる。

次の瞬間、土砂が津波の如く押し寄せてくるも、アサヒが巨大な垣根を生み出して堰《せ》き止めてくれた。

「イエナ!!」

「大丈夫です！　なんとか回避できました！」

爆心地を見つめる俺の後方から声がした。振り返ると、剣を地面に突き立て、よろめくイエナがいた。

「お、おい！　血が！　大丈夫じゃ無いだろ！」

鋼鉄の胸当て、肘当て、膝当てやサポーターはボロボロになっている。肌も大きく露出して、少しイヤらしい感じになっているが、額からの流血を見ると、そんなことを考えている場合じゃないと思い直す。

「スラ子さんが激突する寸前でクッションになってくれたので、軽傷ですみました！」

「ぴきぃ！」

頼りになるな、スラ子。

とりあえず、イエナの傷口にオロエイトを塗っていたところ――。

「ケヒヒ、せっかく騎士団の野郎どもを食べていたところだってのに、邪魔しやがって」

邪悪な声とともに土砂の中から、この惨状の元凶が姿を現した。

「貴様は……あの、犯罪者ッッ！」

「魔人になるとは……堕ちたものね」

「……やはり、私と戦った時よりもさらに強さを増しているな」

イエナにメイリア、そしてゼノス、それぞれが異なる反応を示している。

どうやらイエナが追っていた犯罪者が魔人となり、その後メイリアやゼノスと戦っていたようだ。

「ってことは……こいつがウチの畑に散々、ゾンビとか死体とか送ってきた犯人か！」

なんてやつだ！　と積年の恨みを込めて叫ぶと、魔人が俺に視線を向けた。

「ああん？　なに意味わかんねぇこと言ってんだ？　てめぇ童貞か？」

「ど、どどど童貞じゃねぇし!!」

俺の反応に、腹を抱えて笑う魔人。

こいつ、殺す。絶対許さねえ。童貞舐《な》めんな！

「ちょ、前に出てはいけません！　童貞には危険ですから！」

「ダメよユヅル！　童貞にはとてもじゃないけど無理よ！」

「なんなんだお前ら！　なんなんだよ！　全員敵かよ!?」

恐らく真顔で俺を羽交い締めにしているイエナは、童貞の意味をわかっていないと思う。そう思いたい。

一方のメイリアは、顔をニヤケさせているので、間違いなく理解している。

もうやだ、死にたい。

浅黒い肌、どす黒い眼球に真っ赤な瞳を備えた魔人は邪悪な笑みを浮かべながら、ビュルビュルと怪しげな動きで触手を操り、口からは涎を滴《したた》らせている。

「なんなんだよおめーらは？　騎士団の連中よりもなんか強えし、わけわかんねぇモンスター連れてるし……ああ、めんどくせぇ、あああめんどくせぇ、めんどくせぇメンドクセェメンドクセェメンドクセェ」

のたうち回りながら独りで勝手に叫び続ける魔人。

「メンドクセぇけどうよぅ……。殺せば全部同じかぁ!?」

ピタッと止まってそんな言葉を発した瞬間、魔人の魔力が膨れ上がる。

同時に奴の足元から飛び出してきた大量の触手が一本に収束し、凄まじい速さで俺達を薙ぎ払いにかかった。

「ハァッ！」

「ぴきぃっ！」

イエナの風の刃とスラ子のウォーターカッターで何とか分断する。

戦いのレベルが今までの比じゃないので、俺にはどうもできないな。

大人しくヒーラーに徹しようと思った矢先、メイリアが真剣な面持ちでこちらに駆け寄ってきた。

「……なんだか触手を見ていると、ゾクゾクとしてくるのだけど……？　これって浮気なのかしら？　ねぇユヅル？　ユヅルってば？」

いきなり変態スイッチを入れられても困るだけなんだが……シリアス展開を台なしにしたメイリアには、げんこつ《ひーりんぐ》を与えておいた。

「あいたぁ……」

頭を押さえるメイリアは無視して、魔人に向きなおる。

「チッ、この前やりあった副団長って奴よりめんどくせぇじゃねぇか……だりぃな」

「副団長!?　まさか……貴様如きに副団長が殺されるわけないだろう！」

魔人の言葉にイエナが激昂する。

「ああん？」

魔人はイエナを眺めて一瞬首を傾げた後、その胸に輝く紋章を確認して、顔を狂気に歪ませた。

「――そうか。貴様は騎士団か！　いいものを見せてやるぜ？」

魔人は狂気の笑みを浮かべながら、土の中に触手を突っ込むと、泥だらけの男を引きずり出した。

見る限り、四肢をバキバキに折られ、鎧もところどころがひしゃげている。

「ケヒヒッ！　こいつは言わば、人間どもをおびき寄せるための餌だぜ？」

辛うじて生かされている赤髪の男を隣にぶら下げながら、魔人は大きく笑い声を上げた。

「ケヒヒッ！　王都の人間どもは許さねえ……絶対にゆるさねぇよぉ！　ケヒッ、ケヒヒッ！　ケヒヒヒヒヒヒヒッ!!」

けたたましい笑い声に、赤髪の男が意識を取り戻した。

「……ぅう……イ、イエナ＝フロント……か？　い、生きて……いたのか……？」

「副団長!!」

「早、く……逃げ、ろ……」

「おいおいおいおい、餌が喋ってんじゃねぇぞぉ!?　ケヒヒヒッ！　そういやぁ、そこの女は見覚えがあるなあ……あ、思い出したわ。俺をしつこく追ってきやがった奴じゃねぇか！」

魔人は副団長を乱雑に投げ捨てると同時に、凄まじい速さでイエナに触手を向ける。

「くっ！」

触手の攻撃を剣で防ぐイエナ。

「ケヒヒッ！　フロント家ってのは聞いたことあるぜ！　『王都の剣』とか言われている戦闘狂一家だろ？　ケヒヒヒッいいねぇ！　適当に餌を撒いていたら大きな餌がかかりやがった！　この女を人質にとってフロント家を潰してやったら、王都も壊滅しちまうんじゃねえかなぁ！　ケヒヒヒッ」

「ツァアアア――!!　この、下衆《げす》が――!!」

風の竜巻を全身に纏ったイエナが、魔人に向かって一直線に駆け抜ける。

「ま、まずい！　イエナの魔力が暴走してるわ！　あのままだと自身も傷ついてしまう！」

メイリアがスラ子とアサヒを連れて、イエナの加勢に向かう。

真剣になったメイリアはすごくできる女だ。いつもこの状態なら尊敬できるのに。非常に残念だ。

「ユヅルは副団長の治療できるかしら？」

「おう、軟膏に漢方薬に、色々と薬を持って来てるぞ！」

ゼノスの一件以降、作業着に付いている大量のポケットには日本の薬を常備していたのだ。

メイリアの指示のもと、スラ子がイエナを援護し、アサヒが蔓で副団長を確保する。

「よし、もう大丈夫だ！　これを飲んでくれ！」

「うぅ……これはいったい……いやあなたは……イエナ＝フロントとともに現れ……まさか神？」

もう何でもいいから飲んでください。死ぬかもしれないんでお願いしますよ。

「ゴホッ、ホゴッ」

どうやら鎧に圧迫されて、飲み込むことすら辛いようだった。仕方ないので、無理やり鎧を取っ払ってから、そのまま漢方薬を口に放り込んで、水に薄めて小分けにしておいた滋養強壮剤を副団長の口に流し込む。

「ガボッガボッガボッ!!」

「……一応、怪我人だと思うのだが……？」

俺の荒々しいヒーリングを見て、ゼノスがボソッと呟いていた。

「一刻を争うんだからしゃーない。鑑定結果を見ても……うん、なんとか回復しているな」

これで一安心といったところ。あとはオロエイトで裂傷とかを治すか。

この軟膏が効くのは、あくまで裂傷みたいな外傷のみ。骨折とかはどうしよ。湿布でも貼っておけばいいかな。突き指や打撲じゃないんから、治んないかな？　とりあえず貼るだけ貼っとくか。

「うざってぇんだよおおおお!!　もう出し惜しみなんてしてらんねぇ！　オラァ、シャンクラッドォッ！　聞こえてんだろぉ!?　てめぇが俺によこした奴、さっそく使わせてもらうぜ!!」

魔人の絶叫が森に轟いた。

「――出てこい！　アンデッドドラゴン！」

魔人の叫びとともに、地中深くから馬鹿でかい腐ったドラゴンが姿を現した。

「おわあああああ！」

再び、岩盤がめくれ上がる。またかよ。なんというか、この演出好きだな異世界。二回目だからツッコミたくもなる。いや、そんな場合じゃないか。

「お前ら無事か!?」

眺め回して、みんなを確認する。よかった、全員無事なようだ。

「それにしても……とんでもない臭いですね」

「あのドラゴンがここら一帯を腐らせた原因みたいね……全く」

イエナとメイリアは顔を顰《しか》めながら、鼻を覆っていた。

ワンニャンゼリーの時も思ったけれど、俺の数倍の嗅覚を有しているためか、異世界人達は臭いに少し弱いのかもしれない。もし、日本でも話題に上がるような臭いのキツイ食べ物をこの世界に持ってきたら、いったいどうなるんだろうか。

「ケヒヒッ、こいつのブレスは凶悪だからなぁ！　楽しむのはやめて、さっさと死んで餌になってもらうぜぇ！　ケヒヒヒ！」

アンデッドドラゴンが空に飛び上がる。生暖かく、とんでもなく生臭い風が巻き起こった。

「私とアサヒ殿は太刀打ちできんぞ、マスターユヅル」

「スミマセン……気を抜けば枯れてしまいソウデ」

全てを腐らせる凶悪な瘴気。

植物組は必死に耐えているようだった。

「ケッヒヒヒ！　ワイバーンの死骸はすぐに自滅しちまったらしいが、ドラゴンの死骸はやっぱり耐久力がちげぇな！　どこで拾って来たかは知らねぇが、俺が有効利用させてもらうぜぇ、ウヘヘヘ」

「ワイバーンだと⁉　貴様、あの事件と関わりがあるのか⁉」

「おっと、いけねぇいけねぇ。これは言っちゃダメだったんだ。危ねぇ危ねぇ、シャンクラッドの奴にまたドヤされちまうぜ。ったくどこにいるかわかんねぇが、あの野郎、確実に俺を見てるだろうからなあ……ムカつくなあ、今までずっと、ずっとずっと俺はてめぇらうざってぇ周りの奴らから監視されて、除《の》け者にされて生きて来たから、マジでムカついてくるぜぇ」

周りをキョロキョロと見渡しながら、魔人は俺達にも聞こえるような大声で叫んでいる。

「なぁ、メイリアさんよ。さっきから知らない名前がちょいちょい出てくるんだが、その……シャンクラッドって何者なんだ？」

「古い魔族よ」

俺の呟きにメイリアが答えてくれる。

「古い魔族？」

「一部のエルフと人間が手を取り合うきっかけになった……と言うより、全ての種族と国家に混乱をもたらした大魔族ね。もともと人間で、強い怨念から魔族になったと伝わっているわ。そのため、普通の魔族よりも頭が切れて用意周到な上に、用心深い。これはおとなしく引き下がった方がいいわね……あたし達じゃ、とてもじゃないけど太刀打ちできないわよ」

大魔族がすぐ近くにいるかもしれない。その状況を加味したメイリアがそう判断する。

「くっ、やむを得ません！　撤退しましょう！」

イエナがすごく渋い顔をしつつ、応じる。

「いいのか？」

「私はユヅルに仕える騎士。ユヅルを危険に晒すわけにはいきません」

ここで逃せば、魔人の目は王都に向くかもしれない。

だが、漫画や小説の主人公みたいに、逆境を打ち破る能力やアイテムは持ち合わせていない。一旦、退却して、態勢を立て直す方がいいだろう。

「逃すと思うかヒャッハーーーーーーー!!」

魔人がアンデッドドラゴンを操って空から襲いかかる。

「ケヒヒ！　こいつはやべぇぞぉ！　ドラゴンに比べたら脆くて力も落ちてっけどなぁ！　その分、腐食ブレスがあるからなあ！　ケヒヒッアヒッアヒヒ！」

魔人とアンデッドドラゴンが追いかけてくる。まずいな……日本と異世界をつなぐ裂け目は少し遠い。

「頑張ってください!!　私が殿《しんがり》を受け持ちます！」

「イエナ!?　そんなんいいから！　みんなで逃げるぞ！」

「いいからユヅル！　貴方は走る！」

メイリアに手を引かれて走る。イエナが心配だったが、スラ子とアサヒが援護してくれているようだった。

「逃がさねぇぞぉ、クソども！　思い出したが、お前ら全員、俺を捕まえようとしやがった奴らじゃねえか！　絶対に仕返ししてやる！　殺してやる！　全員、ぶち殺してやる！　ケッヒャヒャ」

狂気に染まった魔人が笑いながら、襲いかかってくる。

「――汚い言葉は慎むことだな魔人！　ハアッ！」

一瞬の隙をついてイエナが【風魔術】を纏った斬撃を飛ばすと、腐っているためかアンデッドドラゴンの翼はあっけなく根元から断たれた。

「ぐおっ!?」

バランスを崩して急降下する魔人とアンデッドドラゴン。

「おら！　もっとしっかり動けや雑魚が！　このカスドラゴンめ！」

地面と衝突したアンデッドドラゴンの悲痛な叫び声とともに、魔人の罵詈雑言《ばりぞうごん》が聞こえてきた。

「よし、イエナ！　スラ子！　アサヒ！　今のうちに撤退――だ？」

みんなにそう叫び、ドラゴンから再び空間の裂け目に視線を移した瞬間、息が詰まった。

そこには、紫色の肌をした角の生えた大男が立ちふさがっていた。

なぜだろう、この目の前の大男からは後ろの魔人よりもはるかに恐ろしい、もっと凶悪な何かを感じる。

「ふむ」

俺を品定めするかのように一つ頷くと、剣を抜いて振り上げた。

俺の隣にはメイリアがいる。思わずメイリアを庇おうとしたのだが、気づいた時には位置が逆転していた。うん、当たり前だがニートの俺より、メイリアの方が戦い慣れている。

「メイリ――」

大男の剣がメイリアを両断しようと振り下ろされたが、間一髪で何かに阻止された。

「退きなさい、シャンクラッド」

水色の髪をツインテールにした年端《としは》もいかない少女が、大男に蹴りを入れていた。

「……は？　……え？」

見覚えがある。目の前にいるのは、俺を三途の川から救い出してくれたあの少女だった。

「なんとなく察しはつくけど……貴方はスラ子よね？」

俺の身体を支えながら、水色の少女を見つめるメイリア。

――今、何て言った？　この目にいる美少女がスラ子……だと？

「マ、マジかよ。本当にスラ子なのか？」

俺の問いかけに、美少女は振り返って笑顔を向ける。

「うん、そうだよ！　お兄ちゃん」

「――ブフォッ！　鼻血が出るかと思ったよ」

「いや、出ているが？　っていうか私にかかっているんだが？」

俺の鼻血を浴びたゼノスがそう呟いていたが、そんなもんスルーだ。

耳に残る「お兄ちゃん」という甘美なワード。脳を揺らすとんでもない爆発力。もはや、魔法だ。

「も、もう一回……言ってもらえる？」

「お兄ちゃんお兄ちゃん！　もう！　お兄ちゃんってばスライム化してる時も思ったけど、ムッツリスケベだよね！　オープンな変態じゃないから周りに気を配れるし！　そこが大好きなんだけど！」

「ぐはぁっ！」

シャンクラッドと戦う前に、スラ子に出血多量で殺されるところだった。シャンクラッドに向けた強い声とは一転、この勝気で元気で少しツンっぽいけど、デレッデレを隠さない妹ボイス‼　ごっちゃんです。

「……イエナ、これは強敵が現れたわよ。さりげなく私をディスってるし」

「ええ……気を引き締めてかからないと、ですね」

「……おい、そろそろいいか？」

律儀に待っていたシャンクラッドとやらは、実はナイスガイなのかもしれない。剣を地面に突き刺して、腕を組んでこちらを観察している。あ、違った。俺を見る目が明らかにゴミを見る目つきだ。

「お兄ちゃん、待っててね！　スラ子があそこにいる悪い魔族を倒してくるから！」

なんだろうな、スラ子といえば可愛いスライムのイメージが定着していたんだけど、実際に人化しても全く違和感がない。そして、なんでこうも、理想的な妹キャラなのか。

「ふむ、レイン様を探すついでに、久しぶりに人間の生息地を荒らしに来てみたら……」

悪びれもせず、荒らしにきたとか言ってるし、やっぱりこいつはナイスガイなんかじゃねえわ。

「レイン様が人間と一緒にいるとはな。それにしても、植物のモンスターを従える能力、なかなか面白い人間だな……。どれ――」

そう呟くとともに、シャンクラッドの四白眼が俺を射抜いた。

凄まじい威圧感。バジリスクと目を合わせた時の感覚とも違う。なんというか、自殺させてください と懇願したくなるような圧迫感。

……ああ……思い出したブラック企業で……働いていた時に……。

「ユヅル！　しっかりしなさい！　その農具を離して！」

ふと、頰に衝撃を感じた。

「メ、メイリア？　お、俺はいったい何を……？」

「いきなり異空間から鉈を取り出したと思ったら、自分の頭に叩き付けようとしたのよ！」

どうやらシャンクラッドに睨まれた俺は、【次元納屋】から鉈を取り出し、自殺しようとしていたらしい。

「お兄ちゃん！　シャンクラッドの【邪眼《じゃがん》】と目を合わせないで！　抵抗力がないお兄ちゃんだと、

簡単に操られてしまうわ！」

スラ子はそう言いながら俺を守るように立ち塞がる。そして、強烈なウォーターカッターをシャンクラッドに浴びせかけるも、容易く両断されてしまった。

「ふむ……。農業スキルなんてものを持っているのか。この【邪眼】でわかることはそれくらいだが、そのスキルは人類に大きな恩恵をもたらしかねないな。今日は来てよかった。私が直接、手を下せるからな」

奴の【邪眼】は、俺の【品種鑑定】と似たような効果を持っているらしい。いや、相手のスキルを見抜くのみならず、自殺に追い込んだりできる分、凶悪な代物だわ。

「おらぁっ！　シャンクラッド！　てめぇ俺の獲物を横取りしてんじゃねぇぞこらぁっ！」

俺達がシャンクラッドに足止めされていたことで、態勢を立て直した魔人がアンデッドドラゴンに乗って迫ってきた。

「ふむ、下品な男だが、力を与えたのは儲けものだったな」

迫ってくる魔人を確認したシャンクラッドが、剣を大きく振りかざしながら呟いた。

「そら、後ろから挟撃しろ。名もなき魔人よ」

魔人と大魔族による挟撃。これはもう、絶体絶命かと思った瞬間――。

「ああん!?　いきなりうるせぇ！　俺に指図してんじゃねぇよ！　こいつらはムカつくから全員俺が殺してやるんだバァーカ！　てめぇもその中に入ってんだよぉっ！」

指図されたことが癇《かん》に障《さわ》ったんだろうか。魔人はシャンクラッドにも襲いかかろうとしていた。

「前からムカついてたんだよ！　俺に指図すんじゃねぇ！　雑魚どもと一緒に死んで――あ？」

シャンクラッドに飛びかかろうとしていた魔人の身体が、ポロポロと細切れになっていく。

どうやらシャンクラッドに斬り刻まれたらしい。

「な、なんという剣技……」

イエナが、青ざめた顔でそう呟いている。

「勘違いするなよ？　名もなき魔人よ」

シャンクラッドが、相も変わらぬ仏頂面で、足下の魔人に吐き捨てるように呟く。

「貴様がおらずとも、この程度なら私一人で充分なのだよ……貴様が人間を殺したいと言うから、わざわざ力を与えて、花を持たせてやったのに増長するとは――ん？　おっと、すまないな。お前が元人間で、かつ私が最も嫌う下品なクズ野郎だったから、ついつい殺してしまった」

「ぢ、ぐしょう……」

わずかに残った声帯で、そんな恨み節を漏らした魔人はボロボロと崩壊していき……消失した。

「……詰んだかしら？」

メイリアがそう呟く。

「次元が……違いすぎるな……」

ゼノスの声にも、いつもの覇気がない。

「み、みなさんの命は、私がこの命を賭《と》してでも必ず……」

震えながらも自分の膝を殴って奮い立つイエナ。

そんなお通夜モードの俺達の前に、ゆっくりと迫り来るシャンクラッド。

そこにスラ子が両腕をバッと広げて立ち塞がった。

「みんなは……！　家族はあたしが守るから！　安心して!!」

「スラ子……」

「二度とあんなクズのいるところには戻らないから、シャンクラッド」

「そうですか」

スラ子の言葉を受けて、シャンクラッドは恐ろしいほどの殺気を放った。

「——それは……死を望むということでしょうか？」

「そうよ！」

シャンクラッドの殺気を正面から受け、圧し潰されそうになりながらもスラ子はなんとか言い返す。

「うーん、困りましたね。レイン様をお連れしないと、私が魔王様に怒られてしまうんですよ。それに、不慮の事故で殺してしまっても、責任を負わされかねないし……そうだ——」

レイン様ってのはスラ子のことか？　こいつの言葉から察するに、スラ子は魔王と何か関わりがあるみたいだな。

そんなことを考えているうちに、シャンクラッドが視界から、フッと消えた。

「ぐああああああああ!!」

瞬間、俺は後頭部を鷲掴《わしづか》みにされ持ち上げられていた。

「お兄ちゃん!?」

「ユヅルっ!!」

「な、なんてことを!?」

シャンクラッドは俺を掴み上げつつ、スラ子にゆらりと視線を向け、語りかける。

「さあ、帰りましょう。人間を前にしても私の理性が保てているのは、ひとえにレイン様の御前だからですよ」

先程までと全く変わらない声色で、スラ子に語りかけるシャンクラッド。強い言葉を使わない分、むしろ恐ろしく感じた。

「いい加減、時間が惜しいですね……答えなさい。わがままは許しません」

「ぐあああああ!!」

「わかった！　戻るから……それ以上お兄ちゃんを傷つけないで……」

スラ子は泣きそうになりながら、小さく頷いた。

「よろしい」

パッと頭を放されて、激痛から解放される。

「お兄ちゃん大丈夫っ!?」

思わず倒れこんだ俺に、スラ子達が駆け寄ってきた。

肩を支えてもらい、なんとか立ち上がった俺に、シャンクラッドは蔑《さげす》みの視線を向けていた。

「人間は弱いな」

「もう黙ってて、シャンクラッド！」

「そうですね。では黙っておりますので、早めにお別れを済ませていただけませんか？」

容赦のないその言葉に、スラ子が唇を噛み締めている。

「お兄ちゃん、お兄ちゃんと過ごした日々は楽しかったよ？」

……耳元でそう告げられた時、俺はどうしても離れたくないと思った。

今の日常を壊されたくない。ちゃぶ台を囲んで、イエナとメイリアが楽しく話をしていて、テレビの前にはスラ子とアサヒが陣取って夕食が出るのを待つ。そんな生活を、日常を終わらせてたまるか……!!

じいちゃんとばあちゃんが言っていた。

好きな女のためなら、守ると決めたもののためなら、自分の全てをかけてでも事に当たれって。

みんなに危機が迫った時にだけ使おうと思っていた、秘策中の秘策。

倫理的に……というより異世界でこれを使っていいものかとずっと迷っていたが、この状況ではやらざるを得ない。

「──スラ子！　こいつを倒して日本に帰るぞ。みんな一緒に、だ！」

そう啖呵《たんか》を切ると、俺は【次元納屋】からチート畑の土と、とある種を取り出した。

「お兄ちゃん！　ダメ！　お兄ちゃんは弱いんだから！　殺されちゃう！」

「確かに、俺は弱い」

だが、俺の真骨頂は戦いの強さではない。戦いの『土壌』を作る。それが俺の力だ。

「……レイン様が身を犠牲にして、お前達を逃がそうとしているにもかかわらず……。これだから！　人間には虫酸《むしず》が走る！　平気で私利私欲に走る下等でゲスな異生物め!!」

俺が攻勢に転じようとしていたことに気づいたシャンクラッドが、剣を構えて斬りかかる。

「させない！」

「退いていただけますか？」

一瞬のうちに、俺とシャンクラッドの間に身体を割り込ませたスラ子。

だが、強烈なシャンクラッドの蹴りによって身体に穴が空いていた。

「スラ子！」

「大丈夫！　お兄ちゃん！　逃げて！」

肝が冷えた。スラ子は身体を液状化させて難を逃れていたのだ。

「どうせ、レイン様を魔王城に連れ帰り次第、戻ってきて殺すつもりだったんだがな」

スラ子を押し退けると同時に、シャンクラッドの剣が一閃。

その剣の軌道は、そのまま俺の首を刎ねるかと思えた。死ぬ直前は、スローモーションになるって本当なんだなぁなんて思った瞬間……。

――パキンッ！

「ッ!?」

ガラスが割れるような音が響くとともに、俺の胸ポケットに入っていた四つ葉のクローバーが弾け飛んだ。

シャンクラッドの顔に、初めて困惑の色が浮かぶ。

よかった……もし、魔王クラスが畑に湧いてきた時のために、アサヒに協力してもらって量産しておいて、本当によかった。

「そういえば、私も持たされていたのを忘れていたわね、この四つ葉のクローバー」

「確か、死を一度回避できるんでしたっけ？」

メイリアとイエナが懐から四つ葉のクローバーを取り出して、まじまじと見つめていた。

「……どういうことだ」

彼女達の言葉を聞いて、シャンクラッドがさらに困惑の色を強めた。

――今しかない！

「これはあまり使いたくなかったんだが、もうそんなこと言ってらんねえ！　てめぇの責任だからな！」

俺は手の中にあるミントの種に【成長調整】を使い、チート畑の土と一緒に撒き散らした。

そう、これはネットでも有名な『ミントテロ』というやつである。

ミントの爆発的な繁殖力とチート畑の土、まさに最凶コンビネーション。

もし、土とか草とかを根こそぎ枯らしてくる敵がいた時を想定して、準備していたのだ！

――ブワッ!!

俺を中心として、チート土の魔力を取り込んだミントが凄まじい速さで成長する。

そして、あっという間に辺り一面を巨大化した大量のミントが覆い尽くした。

「森をめちゃめちゃにしたつもりかもしれんが残念でした！　ざまあ！　ざまあ！」

巨大化したミントが俺達を守るように優しく包み込んでいく。

「腐らせろ、アンデッドドラゴン」

シャンクラッドが苦々しくアンデッドドラゴンに命令した。

だが、農業スキルと、チート畑の土こと神の土壌には歯がたたない。

それどころかアンデッドドラゴンはミントの波に押し流されていき、僅かの間を置いて断末魔の声が聞こえてきた。

……ミントすげえな、おい。ドラゴン倒しちゃったよ。

「やはりさっさと殺しておくべきだったか……」

シャンクラッドの言葉には確かな怒気が込められている。俺は実に心がスカッとした。

目の前では、とてつもない速度でミントが生い茂っていくとともに、チート畑の土が異世界の土を侵食し、その影響範囲を増やしていく。これまでの経験上、畑として認識されなければチート畑の土は単なる土になってしまっていたのだが……。

何が起きているんだと鑑定してみたところ、どうやら魔人やアンデッドドラゴンの登場で地面がほじくり返されていたので、この辺一帯はすでに開墾された土地として畑判定されたようだった。

笑うわ、こんなん。

「ってか、こんなに増えるのかよ……奥多摩で試さなくてよかった……」

ネットで見た動画や写真と比べてもミントの成長度合いが段違いなので、正直ドン引きしている。

「……ユヅル？　アンデッドドラゴンの影響は無力化できたかもしれないけど、シャンクラッドはどうするの？」

「そうなの。理性を持ったシャンクラッドならまだ抑えきれるけど……。本気を出したシャンクラッドは、私のクソ親父に匹敵するくらい強いから、今度こそ殺されちゃうかも」

俺の両脇にいるメイリアとスラ子が、柄にもなく弱々しい声で言ってくる。

「その時は私が刺し違えてでも！」

「イエナ、刺し違えることができるのは、実力が拮抗《きっこう》している時よ？」

メイリアが、冷静に言葉を挟む。こいつは空気を読むってスキルを獲得してほしい。

「何をしてでもやってやります！　スラ子さんが身を挺《てい》して守ってくれました！　次は私の番です！　だから元気を出してください！　スラ子さん！」

「……イエナお姉ちゃん！」

お姉ちゃんと呼ばれたイエナは心臓発作を起こしたように胸を押さえ、よろめいていた。

うん、わかる。わかるぞイエナ、その気持ち。

「でもそうね、私達には四つ葉のクローバーがあるから、決死の覚悟で一斉攻撃すれば勝機は掴めないこともないかも……ひどい作戦だけど」

「メイリアお姉ちゃん……！」

「ぐふぅっ――!?　なかなか破壊力のある言葉ね。ユヅルの気持ちが理解できたわ。スラ子には色々聞きたいことはあるのだけど、とりあえず、みんなであの大魔族を倒すのが先決ね」

なんか話の流れで、シャンクラッドに特攻するみたいになってきたので口を挟む。

「いや、そんな無茶なことをするわけないでしょ。このまま逃げるぞ、日本に戻れば安全だ」

さすがの大魔族でも、次元の裂け目を越えてまでは追ってこないだろう。

俺はミントに指示を出して、裂け目まで葉っぱのトンネルを作ってもらう。

「あら、ずいぶんと聞き分けのいい植物ね」

一直線に緑のトンネルを作り出したミントに、メイリアが感嘆の声をあげていた。

「そういや、スラ子はいつからその姿になれたんだ？」

トンネルを駆け抜けつつ、スラ子に尋ねる。

できることなら、もっと早く人化してくれてもよかったと思うんだよね。

「うーん、色々と理由があったの」

「そっか」

あまりは話したくない雰囲気が伝わってきたので、これ以上聞くのはやめておいた。

今は無理やり詮索《せんさく》する時でもない。それに、どんな理由であれ、スラ子が自分から話すのを待つのが、兄の器量ってもんだ。

「よし、みんなでさっさと――うわっ⁉」

目の前のトンネルが斬撃によって断ち切られる。

そして、再びシャンクラッドが俺達の前に立ち塞がった。

「やっぱり……ただじゃ逃してくれないか、大魔族」

「まさかアンデッドドラゴンが植物に呑み込まれるとはな。いったいなんなんだ、貴様のそのスキルは？」

剣を構えて、殺気を放ってくるシャンクラッド。

「確実に殺しておかなくては」

「やってみろ」

「ふん、死を回避する不思議なアイテムを持っていたとしても、何度でも殺せばいいだけだ。人間は殺して殺して殺し尽くさなければなぁ！」

あ、これはまずいな……。

今まで理性を保っていたであろうシャンクラッドだったが、ここへきてあの魔人のように、狂気を帯びた雰囲気が。正真正銘の本気を出そうとしているのだろうか。

「お、お兄ちゃん」

スラ子がぎゅっと俺の手を握りしめる。ありがとう、スラ子。お兄ちゃん、勇気湧いてきたよ。

ミントの他にももう一つ、みんなに危機が迫った時の作戦は練ってあった。

だが、『ミントテロ』並みにその影響力がヤバそうなので、今ですら正直使うのをためらっている。

「――殺す、この世から消えてなくなれ」

剣を構えて、こちらに一歩一歩迫って来るシャンクラッド。

「出し惜しみしていられないか！　ルーザー！」

俺の声に反応して、次元の裂け目からルーザーが蔓先を伸ばして入ってきた。

「なっ！　消えたと思っていたドラゴンプラントがなぜ⁉」

シャンクラッドでも、ドラゴンプラントは脅威のようだ。しかし次元の裂け目はそこまで大きくないため、いつものような圧倒的な物量攻撃はできない。

シャンクラッドは持っていた剣でルーザーの蔓をどんどん切り落としていく。ドラゴンプラントの蔓って相当頑丈なはずなんだけど、とんでもねえな。

「ふん……。少し驚いたが、これくらいなら私の脅威にはなり得ない。残念だったな！」

「何を勘違いしてるのか知らんが、これは切り札じゃないぞ！　……種化！」

――作戦は簡単だ。俺の最終兵器であるルーザーを再び異世界で生やす。それだけ。

「なっ！　ルーザー殿⁉　マスターユヅル！　さすがにそれは許せないぞ！」

種になったルーザーを見て、ゼノスが抗議の声をあげていた。

「大丈夫だ！　心配しなくても記憶が失くなることはない！　【成長調整】‼」

さっさと芽吹かせるために【次元納屋】からあるものを取り出す。

エナジードリンク漬けにしたチート畑の土だ。

魔力を回復させる漢方薬と違い、エナジードリンクは魔力を付与するので、チート畑の土の効力も増している。

シャンクラッドの強さに鑑みても、ルーザーを成熟状態まで一気に育て上げる必要がある。

この土を使ったら……ルーザーは暴走状態になってしまうかもしれない。

恐らく、俺は制御できないだろう。それに暴走したら、『ミントテロ』以上にこの辺りの生態系が崩れてしまう。というか食い散らかされると思うので、あまり使いたくなかったんだ。

「——は？」

面食らった表情をするシャンクラッド。

それもそのはず、いきなり目の前に三十メートルを優に超える超巨大なドラゴンプラントが姿を現したのだから。

「……ルーラー？　……なぜ、こんなところに？　まさか、森が、汚されて……怒って、戻ってきた……のか？　だが……前よりも……すごく……立派だ……」

イエナが抱えていた副団長がそびえ立つドラゴンプラントを見て呟くと、また都合よく気を失った。

「形勢逆転だな！　シャンクラッド!!」

全く自重せずに巨大化させたルーザーは、すでに五十メートルを超えている。いやあ……これはまずいですよねえ……どうしましょう……。

「こ、このルーザー殿のお姿、まるで『国落とし』と称された伝説級の姿そのものではないか……う、美しい」

ゼノスが惚気《のろけ》た声でルーザーを見て呟いていた。植物になって恋愛対象も植物になったんだろうか？　まあ、俺としてはどうでもいいんだけど。

「くっ！　レイン様、このことは魔王様に報告いたしますぞ！」

「……もとよりあんな下衆《げす》のところに戻る気はないから」

スラ子がそう応じると、シャンクラッドはニヤリと意味深な笑いを浮かべつつ、バッと空へ飛び上がり、やがて消えた。

「終わったのかな？」

空を見上げると、いつの間にか快晴になっていた。森も緑が増えて、空気が浄化されつつあるようだ。

「そうね……私達の勝ちよ！」

「魔人にアンデッドドラゴン、そして大魔族……。私も強くなっていると思っていましたが、まだまだ上には上がいるんですね……。もっと精進しなければ」

メイリアとイエナも一息ついて、安堵の笑みを浮かべている。

さて、いい感じに締めの空気になりつつあるのだが、問題はまだ山積みだった。

「家族会議は家に帰ってから、だな。まずはこいつをなんとかしないと——」

暴走したルーザーが、未だに巨大化し続けている。うわぁ……なんかあちこちから蔓で巨大なモンスターを引っ張り上げて食ってんな。この状態で種化したらどうなるんだろうか。

「マイマスター」

「ん？　なんだ？」

「ルーザーさん、もう我慢できないみたいデスヨ」

ですよねぇ～。

「気持ちはわかるかも。あたしもエナジードリンク飲んじゃった時、お兄ちゃんを包みたくて吸収したくて消化したくてたまらなくなって、抑えるのが大変だったの」

お、恐ろしいことを言いますな、このスライム娘は。

「よし、さっさと種化しちまうか」

「ダメよ！」

なぜかメイリアが口を挟んできた。

「今、種化したら、ルーザーが捕まえているでかいモンスターがこっちに来ちゃうじゃない！」

確かに、凶悪なモンスターが必死に抗っている様子が見える。

「それに、私……ユヅルの触手プレイが見てみたいわ！」

「お前、それが言いたかっただけだろ！」

変態スイッチが入ってしまったメイリアはやっぱり面倒臭い。

「だ、ダメですルーザーさん！　抑えて！　抑えてください！」

イエナが暴走するルーザーを止めるために、両手を振って叫んでいる。

「ほら、ユヅル！　相手してきなさいよ」

「何の相手だ！　ドラゴンプラントの相手なんかできるわけないだろ！　よし……最終兵器だ、ゼノス！」

俺は、暴走するルーザーを見ながら素敵だのセクシーだの呟いていたゼノスに目を向けた。

「な、なんだいきなり!?」

「今のルーザーは興奮状態だ。あいつをなんとかするには、お前の力を借りるしかいない！　頼んだ！」

「は!?　何を言っているマスターユヅル！　私は清く健全なお付き合いを所望する!!」

「こじらせたヲタクみたいなこと言ってんじゃねーよ！　お前『赤い竜』なんだろ！　同じ竜種なんだからいってこい！　目には目を葉には葉を、だ!!」

「意味がわからん！　断固として拒否する！」

随分と聞き分けがないハエトリソウだな。マスター権限にも抗ってくるし。

「ていうか、俺の命と貞操の危険なんだよ！　このままだと童貞食われちゃうし、一刻を争うんだよ！」

「知った事か！　どうせなら、食われてしまえ！」

そんな言い争いをしていると、メイリアが話に割り込んできた。

「ここは私に任せて」

「ん？　ああ、頼んだ」

いったい何をするんだろう？

「いい？　ゼノス……。私からアドバイスよ？　ゴニョゴニョゴニョゴニョ――」

ゼノスの鉢植えを抱えて少し遠くへ行ったメイリアは、何やらゼノスに耳打ちをしていた。そして、何かを吹き込まれたゼノスは大きく頷いている。

そして――。

「うおおおおおおおおおおおおお!!　ルーザー殿！　正気に戻ってください！　なにゆえ貴方はそんな！　くそっ！　こうなったら私が貴方を鎮《しず》めて差し上げるしかない！　マスターユヅル！　私にもエナジードリンクとやらをよこせ！」

「え!?　なにこの心変わり!?」

「ふふふ、本能に語りかけたのよ」

こわっ。改めて目の前の変態エルフに恐怖心を抱いた瞬間だった。

「早くしろっ！　間に合わなくなっても知らんぞぉーーー!!」

パパッとゼノスにエナジードリンクをかけると、たちまちゼノスが巨大化していく。そして何やら、私は白馬の王子様だとかなんとか言いながら、ルーザーに迫っていった。

目の前で繰り広げられている出来事は、怪獣大戦争みたいな感じ。

なんだこれ、何が起こっている？

……うん。俺はもう知らん。

「と、とりあえず家に戻ろうか……うん」

頑張れゼノス、負けるなゼノス。

普通なら一件落着で、感動のエピローグになるんだろうけど、俺はシリアスが苦手だし、ちょうど良かったかな。


さて、イエナとメイリア、スラ子とアサヒに加えて副団長を抱え、次元の裂け目まで来たわけだが――。


「どういうことだ？」

なぜか、副団長だけが裂け目を抜けることができない。

イエナが副団長を抱えて裂け目に入るものの、彼だけスカッと地面に落ちてしまう。

ゲームみたいにうまくログインできないだけかな、と思ったが、何度やっても同じだった。

「……副団長さんの顔が……酷いことに……」

何度も地面に落とされ続けたため、顔がボッコボコになってしまった副団長を見て、スラ子が悲痛な表情をしていた。

「はわわわ！　副団長！　しっかりしてください！」

あれ？　あれ？　と言って副団長を何度も地面に落とした犯人はイエナである。

「……天然って恐ろしいわよね」

めずらしく、メイリアがイエナに呆れている。

「あーもう、怪我人をあんまり揺さぶるなよ」

イエナをどけて、とりあえずオロエイトを塗り込んでおく。異世界人の外傷はこれでだいたい治るから、まあ大丈夫だろう。

「で、どうするの？　これ」

「メイリア……そんな物みたいに言うな。一応、人なんだから。うーん、放置……するわけにもいかないよなあ」

あらためて辺りを見渡すと、『ミントテロ』によって森一帯は強烈なハッカ臭を生み出す草で覆い尽くされていた。

アンデッドドラゴンによって腐り果てていた森は完全に浄化され……いや、むしろ驚異的なミントの繁殖力によってミント園と化すのも時間の問題なんじゃないかって。

これ、新種のモンスター認定されかねないな……ていうか新種の植物系モンスターが出現しそうだし、そうなったら異世界の方々に本当に申し訳ない。

まあ、全部シャンクラッドのせいってことにしておこう。それに、なんか不都合があったら、除草剤を撒くか、使役ができるようにしておけばいいか。

「この副団長を放置しておいたら、ミントの渦に呑みこまれちゃいそうだよな。それにルーザーとゼノスも危険ちゃ危険だし……、とりあえず安全な場所に運べないかね」

「お兄ちゃん！　スライム達に指示を出して守ってもらうことは可能なの」

「そうなのか？」

ありがとう、妹よ。素晴らしい提案だった。

「おーい！　スライムさんよーい！」

スラ子の声に合わせて、次元の裂け目からスライムがぽこぽこ溢れ出してくる。

「あっ、そもそもの話だけど――」

副団長を取り囲むスライムを眺めつつ、メイリアが何かに気づいたようだ。

「植物ならユヅルの言うこと聞くじゃない。ミントに王都の近くまで運んでもらえば？」

「あ！　その手があったか」

メイリアの言葉に従って、ミントに副団長を安全な場所に運んでもらうことにした。

――ザワザワザワザワ。

「うおおお……なんかすごい光景だなこれ」

ザワ……ザワ……。

脈打つように草原と化したミントが蠢《うごめ》き、副団長を持ち上げる。

……こ、この光景は例のアレじゃないか？

「その者は鉄の鎧を纏い……」

「新緑の野に降り立つの……」

深夜アニメをよく見ていたメイリアは知っていたようだった。

そして、メイリアのセリフの後になぜかスラ子も続いた。

「それって、今やってる深夜アニメの一期で流れた名シーンのセリフだよね？」

「ええ。たしか……大帝国に抗いながらも自然とともにたくましく生きる遊牧民のヒロインが、草原を味方につけたシーンよねぇ……あそこは泣けたわぁ」

俺の勘違いだったら恥ずかしいから、メイリアに尋ねたら俺よりも詳しかった。

「神アニメなの！　あたし大好き。石の裏のダンゴムシも大事にするの！」

「てか、なんでスラ子まで知ってんだ？」

「あら？　ユヅルは知らないのね。スラ子は私と一緒に深夜アニメを見ているのよ？　っていうか私がアニメに興味を持ったのも、スラ子が誘ってきたからだし」

なんと、ヘビーユーザーでした。

テレビっ子だとは思っていたが、まさかそこまでだったとは。寝坊が多かったのにも納得がいく。

よし、とりあえず副団長の件はミントとスライム達に任せてしまおう。

森を抜けた先の人里の位置については、イエナとメイリアが知っていたようなので、ミントとスライム達に指示を出してもらった。

「これでやっと終わりか。シャンクラッド……本当にやばい相手だったなあ」

「まあ……古の大魔族だもの、仕方ないわね……それより、スラ子、色々と聞きたいことが……」

そう呟きつつメイリアの視線がスラ子に向けられた。

「あ〜、あたしちょっと疲れちゃった！」

メイリアの視線を感じたスラ子はそれだけ言って、ポンッとただのスライムに戻った。

エナジードリンクをたっぷり飲んだゼノスとルーザーの絡み合いは、結構な時間にわたって行われていたそうな。

◇◆◇◆◇

後日、スライム達を介して聞いたんだけど、王都では森を荒らす魔人を倒すために森の王者ルーラーが新種の植物モンスターを引き連れて戻ってきた、という話で騒がれていたらしい。

だから、俺が種化してルーザーを連れ戻した後も、あの森は聖域として扱われているとか。

臭いに弱い異世界人にとってはハッカ臭さがキツイようだが、採取したミントで作られたポーションの効能は霊薬に匹敵するらしく、定期的に刈り取られているんだと。

まあ、ミントがあのまま生い茂って、異世界の生態系を崩壊させてしまうことは避けられたようなのでセーフだろう。

とんでもないことをしてしまった感も半端ないけど。

「壊滅的な森を一瞬で復興させた農業神様は、ハンバーグが得意料理ですから」

「あら、西京焼きの方が得意じゃないのかしら？」

ちゃぶ台を囲んでイエナとメイリアはそんな話をしていた。

恐らく、夕食をどうするか、二人で話し合っているのかね。

……作るのは俺なんだが。

新しく購入したマイ湯呑みを持って正座する二人の姿は、来日してから数年の時を経て、すっかり日本慣れした外国人のような雰囲気だ。

「ほらほら！　テレビばっかり見てないで、配膳の手伝いしてくれ」

「えー、あたしはちゃぶ台を拭いているもーん！」

スラ子が頬を膨らませながら、手だけスライムにしてちゃぶ台を器用に拭いている。

「こら！　行儀が悪い！　お兄さんはそんな風に育てた覚え、ありませんよ！」

「スラ子の妹属性に立ち向かうには献身的になるしかないわよね。ユヅル、私達が手伝うわよ？ね、イエナ」

「そうですね。ユヅルもたまには私達に料理を教えてくれてもいいと思うのですが」

「包丁がわりに自分の剣を使う奴に、厨房は任せられん」

「なら私は？」

「全ての料理にエナジードリンクを入れた瞬間、俺はお前を生粋《きっすい》の変態だと悟った。変態研究者はおとなしく研究室に帰ってくれないか」

「あらひどい！　ひどいわねイエナ！　およよよよ～」

「うーん。私もスラ子さんも一度、酷い目にあってますし。ゼノスとルーザーさんのアレを見てしまったので、擁護できません。それに、私はユヅルの騎士ですし」

大げさな泣き真似をするメイリアに、イエナが冷めた視線を送っていた。

「ちっ」

脱・社畜

「いいから早く運べよ！」

「はーい」

出来上がった夕食をみんなでちゃぶ台に並べていく。

とうとう俺の妹として人化したスラ子。

エナジードリンクによって精霊となったアサヒ。

天が三物を与えたのに、性格が大きくマイナスに振り切れているエルフのメイリア。

最初は真面目で実直な女騎士だったが、最近はただのアホと化しているイエナ。

「うーん、賑やかになったねえ」

ばあちゃんの家に越してきた頃は、まさかこんなことになるなんて思わなかった。

「ルーザー殿、とりあえずごはんですぞ」

魔力が抜け、落ち着きを取り戻したルーザーとゼノスは身体のサイズを小さくして、ハート形の鉢植えに仲良く入っている。

「ユヅル！　麦茶は私が入れておきました！」

「お箸とお皿の準備はできたわよ。ほら、スラ子とアサヒはちゃぶ台の前に座りなさい。そう言えばこの時間のリモコンは私が預かるはずでしょう？　リモコンを貸しなさい」

「ひどいの！　横暴なの!!」

「ソンナ！　あんまりデスヨ！　まだ番組の途中ナノニ！」

スラ子がぴょんぴょんと飛び跳ねて抗議する。

一方のアサヒは、ネットからダウンロードして印刷してやった新聞の放送番組欄を広げ、いかに自分が見たい番組が素晴らしいかをプレゼンしていた。

定期購読料金を払っていると、いちいち投函して貰わなくてもネットでＰＤＦをダウンロードできるって、便利な時代になったもんだ。

「新聞の放送番組欄なんて、もう十年くらい見てねぇよ」

「ならどうやって番組の情報を知るんデスカ！」

「いや、ここに来るまでテレビ見てなかったし」

テレビは誰かと一緒に見るってのが醍醐味だと思っていた。

だから一人暮らししていた時は、本当にテレビを見なかったし、そもそも家に置いていなかった。

「あ、コロッケが三つ余っていますね！　私いただいてもいいですか？」

「何を言ってるのイエナ？　それは私のよ」

「なんだかわかんないけど、じゃんけんならするー！」

「ひとり三つまでナノニ、余るなんて不思議デスネ」

……俺がしみじみと過去を振り返っていたら、コロッケの奪い合いが始まっていた。っていうか――。

「余ってんじゃなくて、そりゃ俺のだよ！」

騒がしい日々だけど、こういうの悪くないよね。

Re:Monster
ゲームアプリ解放中《リリース》!!
91万ダウンロード突破!
※2017年10月時点
App Store無料ランキング（ゲームカテゴリ）2位!
※2016年2月25日時点
Google Play™国内アプリ新着無料ランキング3位!
※2016年2月26日時点
おかげさまで誕生1周年!
喰えば喰うほど強くなるRPG!
Re:Monster
リ・モンスター
～ゴブリン転生記～
書き下ろしマンガも公開中じゃよ
詳しくは
http://remonster.jp/
にアクセス!
【Android】Google Play
【iOS】App Store
で好評配信中!
携帯サイトはこちらから
©Kogitsune Kanekiru ©AlphaPolis Co., Ltd.

おっさんが異世界を満喫する、
ほのぼの冒険ファンタジー!!!

気づくと、異世界に飛ばされていた心優しきおっさん・タクマ（35歳）。その世界を管理する女神によると、もう地球には帰れないとのこと……。しかし、諦めのいい彼は運命を受け入れ、異世界で生きることを決意。女神により付与された、地球の商品を購入できる能力「異世界商店」で、バイクを買ったり、キャンプ道具を揃えたり、気ままな異世界ライフを謳歌する!　懐いてくれた子狼のヴァイス、愛くるしい孤児たち、そんな可愛い存在たちに囲まれて、心優しきおっさんは今日も何処へ行く?

◎各定価：本体1200円+税　◎Illustration：岡谷

MATERIAL COLLECTOR'S ANOTHER WORLD TRAVELS
素材採取家の異世界旅行記 1~3
木乃子増緒 KINOKO MASUO
異世界にはへんな素材が盛り沢山！
なにこの異世界…楽しすぎっ！
第9回アルファポリスファンタジー小説大賞
大賞 読者賞 W受賞作！
ヘンテコ素材を採取して、目指せ、異世界一周大旅行！
ひょんなことから異世界に転生させられた普通の青年、神城《かみしろ》タケル。前世では何の取り柄もなかった彼に付与されたのは、チートな身体能力・魔力、そして何でも見つけられる「探査《サーチ》」と、何でもわかる「調査《スキャン》」という不思議な力だった。それらの能力を駆使し、ヘンテコなレア素材を次々と採取、優秀な「素材採取家」として身を立てていく彼だったが、地底に潜む古代竜と出逢ったことで、その運命は思わぬ方向へ動き出していく——
◉各定価：本体1200円＋税 ◉Illustration：海島千本
異世界のもふもふを捕まえよう！

異世界ゆるり紀行
子育てしながら冒険者します
1~2
水無月静琉
Minazuki Shizuru
転生したら、双子を保護しました。

異世界ゆるり紀行
転生したら双子を保護しました。
異世界ゆるり紀行 2
水無月静琉
夏真っ盛り！
人魚族に招かれて
海の世界を大満喫！
累計4万部！

最強の職業は勇者でも賢者でもなく鑑定士（仮）らしいですよ？
1〜2
あてきち
ATEKICHI
【備考】
HPを少量回復することができる魔法薬。
魔物の弱点探しも
瀕死からの回復も……
鑑定士（仮）にお任せあれ!

最強の職業は勇者でも賢者でもなく鑑定士（仮）らしいですよ？
最強の職業は勇者でも賢者でもなく鑑定士（仮）らしいですよ？2
あてきち
戦闘スキルの才能無し……
でも諦められない!!
白猫&少女!!
まったり修業中!
しかし、そんな日常を脅かす魔の手が——!?
優秀賞

ネットで大人気の異世界大改変ファンタジー、待望の書籍化!

製薬会社で構造解析研究者だった持水薫《もちみずかおる》は、魔法のある異世界ガーランドに、公爵令嬢シャーロット・エルバランとして生まれ変わった。転生の際、女神様から『構造解析』と『構造編集』という二つの仕事にちなんだスキルをもらう。なにげなくもらったこの二つのスキルだが、想像以上にチートだった。なにせ、『構造解析』であらゆるもののステータスが見れ、『構造編集』でそのステータスを自由に変更できるのだ。この二つのスキルと前世の知識により、シャーロットは意図せずして異世界を変えてしまう——

◉定価：本体1200円＋税　◉ISBN 978-4-434-23782-9　◉Illustration：ヨシモト

tera

長崎県出身。趣味は焼肉とＢＢＱ。2017 年４月より、ウェブ上で『畑にスライムが湧くんだが、どうやら異世界とつながっているみたいです』の連載を開始。多くの読者に支えられ、一躍人気作となり、改稿を経て書籍化。他の著書に『GSO　グローイング・スキル・オンライン』（ツギクルブックス）がある。

イラスト：シソ

http://sirakomiso.tumblr.com/

本書は Web サイト「アルファポリス」（http://www.alphapolis.co.jp/）に投稿されたものを、改稿、加筆のうえ、書籍化したものです。

畑《はたけ》にスライムが湧《わ》くんだが、どうやら異世界《いせかい》とつながっているみたいです

tera（てら）

2017年 10月 31日初版発行

編集ー龍野洋介・篠木歩・太田鉄平

編集長ー塙綾子

発行者ー梶本雄介

発行所ー株式会社アルファポリス

〒150-6005 東京都渋谷区恵比寿4-20-3 恵比寿ｶﾞｰﾃﾞﾝﾌﾟﾚｲｽﾀﾜｰ5F

TEL 03-6277-1601（営業）03-6277-1602（編集）

URL http://www.alphapolis.co.jp/

発売元ー株式会社星雲社

〒112-0005 東京都文京区水道1-3-30

TEL 03-3868-3275

装丁・本文イラストーシソ

装丁デザインーAFTERGLOW

印刷ー大日本印刷株式会社

価格はカバーに表示されてあります。

落丁乱丁の場合はアルファポリスまでご連絡ください。

送料は小社負担でお取り替えします。

ISBN978-4-434-23928-1 C0093